결핍의 조각들

ModernBooks

결핍의 조각들

발　행 | 2023년 10월 27일
저　자 | 김적요, 김진경, 문혜주, 박서담, 박세나, 서은숙, 이승현, 이영, 이영지
　　　　이정, 채리, 현성희
지　원 | 강동구립 둔촌도서관
펴낸이 | 박강산
펴낸곳 | 모던북스
출판사등록 | 2022.10.27.(제2022-144호)
주　소 | 서울특별시 동작구 현충로 220, 동작역 청년창업스튜디오 A-1
연락처 | 010-4412-4309

ISBN | 979-11-93445-04-4

들어가며

『결핍의 조각들』은 강동구립 둔촌도서관에서 소설을 매개로 소통해 온 재능과 통찰력을 갖춘 12명의 작가들의 작품으로 이루어져 있습니다.

이 단편집에는 시아버지의 병원 진료에 동행한 인물을 통해 가족 간의 애증과 인간에 대한 연민을 드러낸 「낙지 탕탕이」, 제 것을 온전히 가져본 적 없는 인물의 삶의 단면을 기반으로 결핍이 어떻게 인생 전반에 뿌리 깊게 확장하는지를 보여주고, 미약하게나마 구원에의 희망을 전하는 「폭설」, 자신만의 공간인 꿈의 집으로 이사하여 겪는 환상과 허무를 담은 「살라미 시티」, 창조의 틈바구니 속에서 새로운 가치를 발견하는 순간을 그린 「커트」, 길고양이를 통해 남들과 다른 삶을 사는 인물이 선택의 기로에서 느끼는 심정을 은유적으로 담아낸 「나비」, 사람을 이해하는 일은 틀린 것이 아니라 다름을 인식하는 과정이라는 깨달음을 전하고 있는 「이몽」이 수록되었습니다.

또한 한국 정치의 본질적 개혁 가능성에 관한 질문을 던지는 「색깔론」, 관계의 환상에 빠진 외로운 사람의 이야기를 담은 「언타이틀드 #1」, 죽음을 맞이한 사람에 대한 미안함과 그리움을 서사화 한 「조금은 빠르게, 그리고 조금은 더디게」, 유년시절 회상을 기반으로 그 시절 어머니의 고통을 헤아리는 「문간방 언니」, 흰색에 대한 동경과 그 이면을 마주하게 되는 순간을 그린 「흰색의 향」, '필요에 의해 선택할 수 있는 생명은 없다'라는 당연한 명제의 존재 가능성을 묻는 「공항 가는 길」이 수록되어 있습니다.

차 례

낙
지
탕탕이

김
적
요

"엄마, 제철이 뭐야?"

"제철? 무슨 제철?"

"가을에 낙지가 제철이래"

"아.. 지금 계절에 먹으면 좋다는 말이지."

저녁 무렵 거실에서 텔레비전을 보고 있던 여섯 살 둘째는 모르는 단어가 나오면 꼬박꼬박 그 뜻을 엄마에게 물었다. 부엌에서 저녁준비로 감자전을 부치고 있던 지영은 곱게 갈아 곤죽이 된 감자반죽을 한 국자씩 떠서는 후라이팬에 차박차박 옮겨놓고 동그랗게 모양을 잡아 얇게 펴느라 집중을 하다가도 아이의 질문에 곧장 대답을 해주었다. 제철에 나는 재료로 차린 우리나라 밥상을 소개하는 프로그램에서 서해안 갯벌을 따라 낙지여정을 하며 다양한 낙지요리를 보여주고 있었다. 지영은 살아 움직이는 낙지를 볼 때마다 손 끝으로 산낙지를 만진 것 마냥 미끌거리고 속이 울렁거렸다.

"내일 뭐 약속 있어?"

퇴근 후 샤워를 마치고 나온 남자는 수건으로 귀를 닦으며 부엌으로 걸어와 지영에게 물었다. 기름내에 둘러싸인 채 지영은 눈을 치켜뜨고 "아니?" 하고 대답했다. 잽싸게 대답이 나간 건 내심 기대가 있어서다. 저 인간이 회사 앞으로 나오라고 해서 점심이라도 사주려나 하고 말이다. 육아휴직 중인 지영은 남편에게 생활비를 받아 지내면서 매 달 적자인 가계부를 쓰고 있던 터라 본인이 먹을 것에는 돈을 쓰기가 쉽지 않았고 남편의 데이트 신청이라도 기다리게 되는 처지가 되었다.

"내일 아버지 병원 가는 날인데 나 회의라서, 당신이 좀 모시고 가."

노인이 전립선 암 판정을 받은 건 두 달 전인 7월, 서울의 A병원에서였다. 일흔이 되면서부터 전립선 비대증으로 동네 비뇨기과에서 잦은 진료를 받았고 한밤 중에도 두어 시간마다 화장실을 가야했다. 꾸준히 먹던 약이 떨어져 병원을 다시 찾은 5월 초 어느 날, 평소와 달리 의아한 표정을 한 의사는 노인에게 혈액검사 결과가 좋지 않으니 큰 병원에 가서 조직검사를 한 번 받아보라고 했다. 노인은 병원을 나서자마자 서울에 살고 있는 막내아들에게 전화를 걸어 병원 좀 예약해 달라고 했고, 회사에서 전화를 받은 남자는 아내 김지영에게 부탁했다. 지영은 남편의 전화를 받자마자 그간 시아버지의 지나치게 짜게 먹는 습관을 떠올리며 미간이 찌푸려졌다. 조금 싱겁게 드시라고 수차례 말해 봤지만 남의 말은 도통 듣지 않는 노인네였다.

지영은 인터넷 포탈사이트와 맘카페를 통해 전립선 암 검사와 치료사례를 검색한 결과 A병원과 S병원의 모 교수가 유명한 것으로 정보를 추려 남편에게 문자메세지를 전송했다. 얼마 뒤 남자에게서 아버지가 A병원으로 가시겠다고 한다는 답장이 돌아왔다. 지영의 집에서 그리 멀지 않은 곳에 있는 A병원은 우리나라 4대 종합병원 중 하나로 규모가 크고 상급 의료시설에 속한다. 처음 진료를 받으려면 3-4개월 뒤에나 겨우 예약할 수 있는 곳인데 왠일인지 당장 다음주로 외래예약이 잡혔다. 그렇게 5월부터 시작된 노인의 병원진료와 검사, 결과상담이 있을 때마다 남자는 회사에 휴가를 내고 아버지의 진료를 동행하고 식사를 대접하고는 버스터미널로 모셔다 드리기를 반복했다. 남자의 집에서 하루 쯤 묵을 만도한데 노인은 당일에 막차라도 타고 꼭 내려갔다. 그리고 9월 말로 수술이 잡혔다.

노인의 진료가 화요일 오전 10시로 예약되어 있다고 했다. 수술날짜를 잡고도 몇 가지 검사를 하던 중에 간에 염증이 발견되었고 내일 경과를 보는 날이라고 했다. 그간 남자가 몇 번 아버지의 진료 동행을 요청했으나 다른 데가 아닌 '전립선'의 문제라는 점에서 지영은 "며느리가 따라가기엔 좀 그렇지 않을까?" 하며 민망해 했다. 하지만 내일은 비뇨기과가 아닌 소화기내과 진료라 거절할 말이 마땅히 떠오르지 않았다.

'왜 하필 화요일이람….'

화요일 아침 9시에는 아이들을 보내고 지영이 제일 좋아하는 요가수업이 있다. 빈야사 베이직. 빈야사는 호흡과 동작을 연결해 끊임없이 움직이는 요가로, 동작이 고정되어 있지 않고 다음 동작으로 이어지는 '흐름'을 갖고 있어 몸을 이리저리 꼬아 오래 버티는 수업보다는 정신적으로 수월하다. 지난 해 말, 지영은 퇴근 길에 집 근처 요가센터에서 붙여놓은 특가이벤트 전단을 보고 12개월권을 89만원에 등록했다. 휴직하면 다녀야지, 하는 마음으로 적금처럼 등록해 두었다. 남편의 월급으로는 긴축한 나날들이 이어질 게 뻔하기 때문이다. 첫째의 초등학교 입학과 둘째의 유치원 입학으로 아이들과 엄마가 모두 긴장된 3월의 적응기간을 지나고 4월부터 다니기 시작한 요가센터는 여러 종류의 요가 프로그램 중 원하는 그룹수업에 들어가 자유롭게 참여할 수 있다. 지영은 요가시간표가 나오면 들을 수 있는 수업에 동그라미를 친다. 척추 테라피, 골반 테라피, 빈야사 베이직. 주로 결리거나 뭉친 곳을 풀어주고 어긋난 자세를 바로 잡고, 스트레칭을 하는 듯한 테라피 요가를 중심으로 참여하는 지영에게 빈야사 베이직은 나름 요가스러운 성취감을 주는 유일한 수업이다. 시간표에 주 1회만 배정되어 있는데 그게 바로 화요일 오전 9시다.

요가와 시아버지의 병원진료를 놓고 고민하는 며느리가 있다면 '무개념 요가녀'로 욕 먹을 일이겠지. 당연히 요가를 포기해야 하지만 지영은 괜히 속이 뒤틀렸다. 병원진료가 몇 달간 이어지자 그간 아이들이 아플 때 혼자 밤낮으로 돌보느라 하루 쯤 남편이 휴가를 내고 쉬게 해주었으면 할 때에나 첫째의 운동회, 둘째의 학부모 참여 행사가 있을 때 남자가 도통 휴가를 내지 못한 것에 조금은 부화가 나 있었다. 누나와 형이 있는 2남 1녀 중 막내이지만 아버님의 병수발을 남자가 떠맡고 있는 상황이 지영은 억울했다.

노인이 진료시간에 맞춰 병원에 도착하려면 경북의 작은 소도시에서 새벽 6시에는 버스를 타고 출발할 터였다. 버스시간보다 한참 전에 깨서는 굼뜬 시어머니를 재촉해 새벽밥을 먹고나와 버스에 몸을 싣고 창밖을 보며 어디쯤 왔는지, 얼마나 왔는지를 가늠하며 두어 시간을 달려 서울의 시외터미널에 도착할 것이다. 그리고는 지하철을 공짜로 타고 병원 셔틀버스를 타고 병원으로 오실테지. 지영이 그렇게 생각하는 데에는 이유가 있다. 그간 병원가는 길에 따라 나서고 싶다는 시어머니를 타박해 매번 혼자 서울에 진료받으러 다녀갔던 건 돈을 아끼기 위해서였다.

지영은 아이들을 학교와 유치원에 보내고 정류장으로 달려와 휴대폰에서 지도어플을 켜고 버스번호를 다시 확인했다. 병원으로 한 번에 가는 버스는 없었다. 중간에 갈아타고 20여분을 더 가면 A병원에 도착할 수 있다. 환승하는 버스는 그 병원을 한 바퀴 도는 코스로 정류장이 몇 개 있는데 배차간격이 15분이라 놓치면 낭패다. 시간에 늦는 것을 싫어하는 노인네라 지영은 초조한 마음으로 버스에 올라 창가 자리에 앉았다. 노인과 둘이서 몇 시간을 보내야 한다는 생각에 지영은 눈을 질끈 감았다.

두 아이를 낳고 출산휴가와 육아휴직을 연이어 하다 복직이 임박한 시점에 시부모님이 손주들을 봐주러 서울로 오면서 합가를 시작했다. 둘째가 돌을 넘기며 막 걷기 시작할 무렵이었고 남의 손에 맡기기가 불안했던 지영은 그 불편한 동거를 덥썩 받아들였다. 시부모님은 고향에 작은 단독주택을 두고 지영의 집에서 지내면서 한 달에 두세번 금요일 저녁에 내려갔다가 일요일에 올라오는 것으로 집을 돌보고 고향의 지인들을 만나곤 했다. 그 때마다 노인은 일흔의 나이에도 직접 운전해 다녀오기를 고집했다.

지영은 회사에 나가기 시작하면서 3년여의 업무공백을 메우고 차장으로서의 책임을 다하느라 일에 열심이었다. 꼰대와 MZ 사이의 끼인 세대로서 모두의 비위를 맞추려 노력했고, 집에 오면 시부모님의 안위를 살피고 아이들에게는 출근하는 엄마의 공백을 느끼지 않게 하려고 애썼다. 출퇴근 거리가 멀지만 남자보다 월급이 많아 일이 힘들어도 그만두기에 아까운 회사였다. 지영은 붐비는 지하철 시간대를 피해 새벽에 출근해 회사 앞에서 7시 타임 요가를 했고, 쫓기는 마음으로 자기개발서를 읽거나 인터넷 강의를 듣고, 퇴근해 집에 오면 옷도 갈아입지 못한 채 저녁상을 차렸다. 두번째 출근이 시작되는 것. 아이들 목욕을 시키고, 유아식 반찬을 만들어 놓고, 빨래를 정리하고, 첫째 유치원 알림장을 체크해서 준비물이나 다음 날 입고 갈 옷가지 등을 챙겼다. 아이들 재울 시간이 되면 책을 읽어주다 까무룩 잠이 들거나 비몽사몽 엉뚱한 말을 내뱉는 날이 많았다. 자는 시간을 제외하면 회사에서든 집에서든 쉴 틈이 조금도 없는 일상이 이어지면서 어디로 향해야 할 지 모를 불만과 불합리와 불평등과 불편함이 지영의 속에서 피어올랐다.

　남자는 부모에게 살가운 아들은 아니었지만 부모님 말씀에는 거역할 수 없는 뭔가가 있는 사람처럼 무조건적으로 행동했다. 한 번은 텔레비전의 지역 특산물을 소개하는 프로그램을 보던 노인이 "거 낙지가 제철이라는데 산낙지 좀 먹자"고 하면 그 날은 산낙지를 구해야 했다. 퇴근길에 전화를 받은 지영은 근처 횟집에서 포장을 해왔지만 집에 돌아와 식탁에 내놓으니 산낙지의 그 움직임이 힘을 잃은 듯 굼뜨자, 노인은 낙지가 이래서는 안된다고 혀를 끌끌 차고는 몇 번 뜨지도 않고 젓가락을 내려 놓았다. 다음 날 남자는 퇴근길에 수산시장에 들러 싱싱한 산낙지를 몇 마리 사왔고 지영은 준비도 없이 마주한 상황에 난생처음 낙지 탕탕이를 만들었다. 싱크대 개수대에 들러붙어 살아남으려는 다리들을 노려보다 억지로 떼어내 그 미끄덩한 생물체에 밀가루를 뿌리고 팍팍 문질렀다. 낙지의 입과 눈을 제거하고는 도마에 올려 잘 드는 칼로 한 번에 확실하게 탕탕탕… 또 한 번 탕탕탕… 재빨리 접시에 담아냈다. 그 위에 참기름을 뿌리면 조각난 낙지의 다리들이 제 짝을 찾듯 정신없이 꿈틀거렸다. 마지막으로 다진 마늘과 채 썬 쪽파를 올려 식탁에 내자 노인은 그제야 껄껄껄 흡족해 하며 한 점 한 점 소중히 건져 입에 넣고 오물오물.. 반주까지 곁들여 마지막 한 조각까지 남김없이 먹어 치웠다. 그렇게 수십마리의 낙지가 지영의 손에서 아작이 났고, 제철을 맞은 음식들이 차례로 통과관문을 거치듯 지영의 집 식탁을 거쳐가는 동안 사계절이 지나고 또 몇 계절이 지났다.

그리고 추석 한달 전 즈음, 벌초전쟁이 일어났다.

노인의 고향 선산에 부모와 형제들, 그리고 조부모, 더 윗 조상들의 묘가 있는 곳이 총 아홉 군데라 했던가. 무덤의 수가 아닌, 무덤들이 모여있는 스팟이 아홉 군데라 했다. 저녁을 먹으며 노인은 남자에게 마치 내일 점심이라도 함께 하지 않겠느냐는 듯한 가벼운 말투로 '이번 주말에 벌초하러 내려가자' 했고, 허리디스크가 있는 남자는 돈을 주고 벌초대행을 맡기자는 의견을 냈다. 주말의 막히는 도로 위에서 왕복 6시간을 운전해서 이 산 저 산을 옮겨가며 몇 군데의 묘를 손수 벌초하는데 7-8시간의 노동을 해야하는 것이 부담스러운 남자와 유아 둘을 데리고 주말내내 독박육아를 해야 하는 지영의 입장을 전혀 고려하지 않는 제안이었다. 노인은 조상의 묘를 남의 손에 맡기려는 남자의 썩은 생각을 비난하며 얼굴을 붉히고 숟가락까지 내려놓고는 방에 들어가 며칠 간 냉랭한 기운으로 말없는 투쟁을 이어나갔다. 시어머니의 중재로 벌초할 때 보태시라고 식사비를 예년보다 두배 드리기로 하고 냉전은 종식되었다.

같은 해 겨울이 시작되던 즈음, 여느 때와 같이 금요일에 본가로 가려던 노인이 이번에는 다같이 내려가자 했고, 지영은 '평일 내내 함께 있는데 굳이 왜 같이 가고 싶어 하실까' 하는 생각이 들었지만, 입 밖으로 내진 못했다. 금요일에 가려면 저녁 8시나 돼야 출발할 수 있을 터였다. 회사가 먼 지영은 '칼퇴'를 하고도 7시가 넘어 집에 도착했고, 그보다 30여분 먼저 도착한 남자와 가족들은 저녁을 먹고 설거지까지 마치고 지영을 기다렸다. 그런 가족들의 기다림과 출발의 기세에 지영은 저녁도 먹지 못한 채 옷만 갈아입고 2박 3일간 지낼 네 가족의 짐을 챙기느라 콧등에 땀이 맺혔다. 시부모님과 함께 살기 시작하면서 바꾼 7인승 승합차에 올랐을 때, 지영은 정신없이 부엌과 욕실과 옷장 앞을 오가며 짐을 싸느라 분주한 사이 노인이 진작부터 현관에서 재촉하는 눈빛으로 서 있었던 모습이 떠올라 울화가 치밀었다. 배가 고팠지만 아무것도 먹고 싶지 않았고, 그저 화장실이나 갔으면 싶었다. 시댁에 도착한 건 밤 11시가 다 되어서다. 저녁에 출발했는데도 금요일이라 차가 막혔다. 노인의 컴퓨터와 책장이 놓인 쪽방에 짐을 풀고 아이들 씻기느라 지영은 자정이 되어서야 녹초가 된 몸을 누일 수 있었다. 다음 날 아침이 되자 시어머니가 아침식사를 준비했고 4인용 좁은 식탁에 여섯이 끼어앉아 밥을 먹었다. 노인은 아침을 먹고나면 동네 뒷산으로 운동을 나가서 서너 시간 후에나 집에 돌아왔다. 시어머니는 묵은 집안 일을 하고 김치를 담갔다. 장난감도 없는 집에서 아이들이 지루해 하는 탓에 지영의 가족은 인근의 생태박물관에 다녀왔다. 돌아오는 길에 한우를 사들고 와 저녁에 구워드리며 반주도 함께 하는 주말 저녁을 보내며 지영은 '나쁘지 않네' 하고 생각했다. 일요일 아침이 되어 거실로 나와보니 노인이 늘상 앉아있는 그 자리에서 뉴스를 보고 있었고 시어머니는 탕제원에 갔다고 했다. 지영은 천근만근의 몸으로 아이들을 깨워 세수며 머리묶기 등.. 단장을 해주며 앉아 아이들이 노인에게 "우리 좋아하는거 틀어 주세요." 하는 걸 지켜보고 있었다. 9시 반이 넘자 지영을 보고 아침을 안 먹었냐고 물으며 시어머니가 현관으로 들어섰다. 지영은 노인이 배고프지 않다고 했던 말과 어머님 살림에 뭐가 어디 있는지도 모르는데 하는 당혹감을 안고 부엌으로 쫓아갔다. 시댁에서 밥상을 차리지 않은 것을 책망하는 것만 같아 속으로 변명을 늘어놓기 시작했다. 시어머니는 빠른 손놀림으로 갈치를 굽고 국을 데우고, 지영은 냉장고에서 반찬으로 짐작되는 통들을 죄다 꺼내 식탁에 늘어놓고 밥을 푸고 숟가락을 놓았다.

"너희가 돈을 벌면 벌었지, 시댁와서 늦잠이나 자고, 시어머니가 식모냐!"

난데없이 날아온 호통에 지영은 눈을 껌뻑이며 귀를 의심했다. '내가 제대로 들은 게 맞나?' 하고 말이다. 어미가 아기새에게 먹이를 날라다 입에 물려주듯 두 딸의 입에 생선 살을 발라주느라 제 입에는 한 술도 뜨지 못한 채였다. 아이들 먹을 반찬을 가위로 잘게 잘라 내느라 정신없는 중이었다. 몸이 굳어서 꼼짝도 못하고 있는데 얼굴 위로 눈물이 줄줄 흘러내렸다. 남자도 놀라긴 마찬가지였겠으나 아무 대꾸도 없이 밥을 먹었고, 시어머니 또한 꾸역꾸역 말이 없었다. 그 침묵이 지영에게는 마치 잘못에 대한 '동의'처럼 느껴져 외로운 사막 한 가운데 놓인 듯 했다.

'시어머니를 식모 취급하는 건 당신 아니냐고, 여기서 노동을 조금도 하지 않는 사람은 당신 뿐이지 않느냐'는 그간의 분노가 목구멍까지 차 올랐지만 내뱉지 않았다. 모두가 말이 없는 채로 7인승 승합차에 몸을 싣고 다시 서울로 돌아왔고 영문도 모른 채 아이들은 아웅다웅 하지도 치대지도 않으며 눈치를 보았다. 그렇게 다시 월요일을 맞이했다. 주간업무 회의를 마치고 나온 지영은 아버지가 화가 안풀려 본가로 내려가려 하신다는 것과 장모님 좀 올라오실 수 있는지 물어보는 남자의 전화를 받고 입술을 깨물었다. '손주들을 놓고 내려가신다니…'.

지영은 마음을 가다듬고 친정에 전화를 하고, 시터를 구하는 앱을 설치해 구인요건을 올리며 심란함에 몸서리 쳤다. 며칠 뒤 남자는 육아휴직을 결심했다. 지영만큼이나 어쩌면 지영보다 부모에게 상처를 받은 듯 했다. 유난히 보수적인 남자였으나 부모의 도움을 받지 않겠다는 일말의 책임감이 지영은 고마웠다. 지영을 붙들고 남자가 돈을 벌어야지 무슨 휴직이냐고 니가 좀 말려보라며 나라 잃은 표정을 짓던 노인의 절망적인 얼굴이 떠오른다. 그렇게 2년간의 합가가 끝났다.

지영은 A병원의 동관 앞 버스정류장에서 내렸다. 세 개의 동이 나란히 서 있는 큰 건물을 한 번 쳐다보고는 다시 휴대폰을 꺼내 문자메세지를 확인했다. 노인의 진료 예약내역을 캡쳐해 남자가 보내놓았는데 어디로 가야할지 확인하느라 눈살을 찌푸렸다. 서관 1층에 있는 소화기내과 모 교수실 앞으로 가기 위해 서관 방향으로 발길을 돌려 걷다가 운전기사들이 모여있는 통로를 지났다. '뭐지?' 하는 순간, 약국이름의 명찰들이 보였다. 인근의 약국에서 진료를 받고 나오는 환자들을 태워 약을 짓게 하고 다시 병원이나 인근 지하철로 내려준다는 말을 들은 게 생각났다. '누군가에게 생업의 현장이지' 하고 나도 모르게 혼잣말이 나왔다. 지영은 서관 출입구를 찾아 출입증 바코드를 찍고 게이트를 통과해 건물 속으로 들어갔다. 메인 통로는 휠체어와 링거를 꽂고 느리게 가는 사람들 사이로 급한 듯 종종거리며 걷는 사람들이 섞여 인산인해였다. 인파에 진입하는 순간 '병 고치러 왔다가 병 얻어간다'는 말이 떠오를 정도로 아픈 사람들이 많았고, 물리적 구조가 복잡해 머리가 지끈거렸다. 간 센터가 같이 있는 소화기내과를 찾아 가면서 지영은 노인에게 전화를 걸었다. 10시 진료인데 9시부터 와서 진료실 앞에 앉아 있다는 목소리가 들려왔다. 저 멀리 진회색 여름 등산모자를 쓰고 유난히 검버섯이 많은 얼굴이 앉아있다. 아이들이 스케치북에 할아버지를 그릴 때면 검은 동그라미를 많이 그려넣곤 했던 그 얼굴. 지영은 노인의 옆자리에 앉아 아침식사는 하고 오셨는지, 몇 시에 출발하셨는지, 어머님은 잘 계신지를 물었다.

노인은 새벽에 아침을 먹고 6시 버스를 타고 동서울터미널에서 내려 지하철 2호선을 타고 한 정거장을 건너와 병원 셔틀버스를 타고 왔다고 했다. 어머님도 같이 오고싶어 하셨으나 둘이서 왔다가면 차비가 만만치 않으니 혼자 올라와 지하철도 무료지, 셔틀도 무료니 이게 간편하다고 말이다.

호명이 되어 진료실에 들어가자 의외로 매우 젊은 의사가 앉아 있었다. 레지던트인가, 하고 이름표를 보려고 살폈으나 의사가운에 가려 보이지 않았다. 지난주의 검사결과로 간에 염증을 확인했고, 그래서 항생제 처방을 했고, 간의 염증이 잡히지 않으면 2주 뒤에 있을 전립선암 수술에 지장이 있을 듯 하니 비뇨기과와 협의해 수술 날짜를 조정해야 한다고. 그리고 염증의 상태를 다시 체크하기 위해 오늘은 혈액센터에서 피 배양검사를 하고 가야하며, 간 CT 검사도 예약하고 가라는 말들이 쏟아져 나왔다. 지영은 혼란스러운 표정으로 나와 진료실 앞에 있는 간호사의 후속조치를 기다렸다. '수술을 하기까지도 쉽지 않구나….'

일주일 째 독한 항생제를 먹느라 음식을 잘 소화시키지 못했다는 노인은 부쩍 마른 모습으로 앉아 지영의 표정을 보고는 "나이들면 다 고장나게 되어 있어" 라며 마른 웃음을 보였다.

"정상적인 세포는 일정기간을 살면서 기능을 다하고는 사멸하지만 어떤 경우에는 세포가 죽지않고 계속 증식하여 종괴를 형성하게 됩니다. 스스로의 분열과 성장, 사멸을 조절하는 세포 기능에 어떤 이유로든 고장이 생겼기 때문에 '암'이 생기는 거에요." 하고 처음 전립선 암을 진단하며 말하는 의사의 설명을 마치 인간의 수명을 억지로 늘려놓아 죽어야 할 때에 죽지 못하고 끈덕지게 살아가고 버티는 노인의 시간 때문에 그렇게 생기는 거라고 지영은 이해했다. 어쩌면 아무리 떼어내도 떨어지지 않으려 발악하는 산낙지의 힘을 받아들이는 마음으로 아버님은 그렇게 제철의 그 낙지를 찾으셨던가.

기다리는 동안 지영은 재빨리 수납을 하고 왔는데도 간호사의
후속조치에 대한 기다림이 길어지자 피 검사를 먼저 하고 오겠다
며 시아버지를 모시고 혈액센터를 다녀왔다. 항생제에 소화제를 추
가로 처방했으니 약을 먹으며 간의 염증을 지켜보기로 하고 비뇨
기과 진료와 간 CT 촬영일정을 예약하고 나오니 벌써 12시가 훌
쩍 지나 있었다.

"배고프실텐데 식사부터 하실래요?"
"약부터 받고 먹지."
"약국에 가는 차들이 동관 출입구 쪽에 있더라구요."
"좀 걸어 나가면 바로 약국 있던데?"

지영은 노인이 조금 걷고 싶어한다고 생각했다. 건물을 빠져나와
응급실을 지나고 주차장 방향으로 걸어 병원 밖 울타리를 10여분
둘러 걸으니 약국들이 즐비하게 늘어서 있었다. 9월 중순이라 해도
땡볕에 걸으니 지영은 땀이 났다. 맨 앞에 보이는 약국으로 들어가
처방전을 내고 지영은 노인에게 앉아계시라고 했다. 노인은 "여, 화
장실이 어데 있는가요?" 하고는 다녀오겠다 했고 지영은 약국 뒷편
에 있는 정수기로 가 물을 한 컵 들이키고 자판기에서 커피 한 잔
을 뽑았다. 노인은 아침식사 후에 믹스커피 한 잔을 꼬박꼬박 마시
곤 했는데 오늘은 아직 한 잔도 먹지 못하셨을 듯 했다. 약을 한아
름 받아들고 다시 병원으로 돌아가 지하에 있는 식당가를 둘러보
며 뭐 드실지 여쭙는데, 노인은 지영이 먹고싶은 것으로 고르라고

했다. 문득 '아버님이 나의 기호를 고려한 적이 있었던가' 싶었다. 푸드코트를 지나 한식당에 앉아 노인은 해물순두부찌개를, 지영은 비빔밥을 시키고 둘은 말없이 먹었다. 지영이 계산하려는 것을 한사코 노인이 휴대폰 케이스에서 만원짜리 두 장을 꺼냈다. 그리고 병원 셔틀버스 정류장으로 가면서 노인은 지영이 어떻게 집에 가는지 물었다. 한 번에 가는 버스가 없어 중간에 한 번 갈아타고 간다는 말에 또다시 5만원권 한 장을 꺼내 택시타고 가라고 지영에게 내밀었다. 마침 셔틀버스가 문을 열고 서 있었고, 지영은 시아버지가 탑승한 뒤에도 괜히 5만원짜리를 만지작거리며 정류장에 서 있었다. 셔틀버스를 타고 얼마쯤 가다 지하철을 타고 한 정거장을 가서 터미널에서 배차간격이 한 시간인 버스의 표를 사고, 버스가 떠난 지 얼마 안되었다면 또 한참을 기다려 시외버스를 타고 내려가실 시아버지의 지리멸렬한 시간을 그려본다. 그냥 여기서 택시타고 가시면 될 걸. 지영은 괜히 화가 났다.

노인의 얼굴에 핀 검버섯은 날이 갈수록 짙어지거나 커져서 언젠가 얼굴을 시꺼멓게 다 덮을 것 같았다. 그 얼굴을 멀리서 보고 있자니 코 끝이 시큰거렸다. 어쩌면 이 막내 며느리가 해주는 낙지탕탕이를 다시 먹을 날이 오지 않을지도 모른다는 생각이 들었다.

폭
설

김
진
경

 기영이 책장 깊숙이 처박혀 있던 프랑스 소설책 사이에서 엽서
한 장을 발견한 것은 회사에서 대대적으로 희망퇴직자 신청을 받
고 있을 때였다. 희망퇴직은 정부가 내년 예산안에서 기영의 회사
를 포함한 뉴스통신사들에 대한 지원금을 전례 없는 폭으로 삭감
한다는 소식이 들려오자마자 회사에서 내린 특단의 조치였다. 신청
서 제출 기한은 이달 말까지로 정해졌고, 모든 직원은 인사팀장과
면담을 하도록 강하게 '권고'되었다.

 정부의 지원금은 회사의 매출에 큰 부분을 차지했기에 회사의
결정에 납득이 가지 않는 것은 아니었지만, 뉴스통신사 기자들은
사명감 하나로 박봉을 견뎌온 자신들을 회사가 매몰차게 내버렸다
는 박탈감에 허탈해했다. 그렇다고 마냥 손에서 일을 놓고 있을 수
만은 없었다. 퇴직의 실체가 목숨 줄을 죄어오기 직전까지는 기계

처럼 하루에만 수십 건 씩 기사를 쓰고 송고해야 했다. 기영은 생각했다. 희망퇴직이란 이런 것이다. 마지막 순간까지 나 대신 누군가가 절망을 '희망'해주기를 바라는 것, '희망'의 순서가 나까지는 닿지 않기를 간절히 '희망'하는 것. 희망이 가득한 시기, 눈을 마주치면 속내를 들킬까 누구나 오롯이 일에만 전념했다.

문화부 차장 기영은 어느 때보다 바쁘게 일해야 했다. 곧 있으면 노벨 문학상 시즌이었다. 프랑스 작가의 수상이 유력해지자 문화부에서는 바로 작가 특집 기사 꾸리기에 들어갔다. 수십 년 전 초기작부터 최근작에 이르기까지 꼼꼼히 들춰보고 작품해설과 연보, 인터뷰까지 준비할 것을 지시한 기영은 문득 작가의 젊은 시절 작품이 한국에서 반짝 인기를 끌었던 것을 기억해냈다. 자신의 오래전 책장을 들추어 찾고 있던 책을 발견함과 동시에 기영은 어찌나 잘 보관되었는지 정갈한 글씨에 배어든 푸른 잉크색이 고스란한 이 엽서와 재회했다.

엽서의 뒷면은 고즈넉한 밤이 내려앉은 유럽의 어느 뒷골목을 노란 가스등이 밝히고 있는 사진이었다. 대학생들에게 유럽 배낭여행이 유행하던 시절이었다. 이렇듯 흔하디흔한 뒷골목의 사진만으로도 동경과 낭만을 불러일으키기에 충분했다. 엽서의 앞면에는 '기영에게 Y가'라고 적혀 있었다. 이십 여 년의 세월을 뚫고 바로 떠오르는 얼굴이 있었다. 고요하고 흔들림 없는 눈동자. 소리 없이 흘러나오던 눈물. 그날 밤, 그 눈물. 딱 거기까지였다. 기영에게는 그 무엇이든 더 골똘히 생각해볼 여유가 없었다. 희망퇴직으로 어수선한 회사 분위기며, 치매 진단을 받은 지 오 년이 된 모친의 거

취를 놓고 여동생들과 의견이 모아지지 않아 이미 머릿속은 터질 듯 복잡했다. 기영은 데스크 서류더미 위에 엽서를 아무렇게나 던져놓고는 곧 머릿속에서 지워버렸다.

네 형은 아픈 손가락이야, 모친으로부터 귀에 딱지가 않도록 들어온 말이었다. 일찍 남편을 잃고 기영의 모친은 안 해본 일 없이 홀로 아이들을 키웠는데, 없는 형편에도 장남만큼은 좋은 옷을 입히고 좋은 음식을 먹였다. 일곱 살 무렵이었던가, 기영은 형 밥그릇 옆에 있던 간장게장이 너무나도 먹고 싶어 국물만 손가락으로 찍어 맛봤다가 모친에게 사정없이 두들겨 맞았던 기억이 있다. 형이 온 동네를 들쑤시며 사고를 치고 다녀도, 모친은 쟤가 아비 없이 커서 마음에 멍이 든 거라며 안타까워했다.

머리가 굵어지고 나서부터 기영은 형이 모친께 드리지 못하는 기쁨을 자신이 대신하고자 애썼다. 열심히 공부해서 상위권 성적을 유지했고, 틈틈이 아르바이트 하면서 번 돈을 꼬박꼬박 모친께 드렸다. 그러나 자퇴서를 들이밀며 공부 따위 때려치우고 사업을 하겠다는 형과 실랑이를 벌이는 모친에게 기영은 도저히 중간고사 최우수 상장이나 반장 임명장을 내보일 도리가 없었다. 자신이 번 돈이 형의 오리털 파카를 사거나, 형이 연루된 이런저런 사고를 수습하는 합의금 같은 곳에 쓰인다는 것을 알면서도 기영은 모친에게 돈을 드리는 것을 그만둘 수 없었다.

성인이 되어서도 정신을 못 차리고 기영의 형은 이 여자 저 여자 눈 맞아 살다가 돈을 뜯기기도 하면서 제 앞가림을 못했다. 그러다가 십 년 전쯤 '마지막'이라며 사업 자금으로 모친이 혼자 살던 빌라 전세금을 빼들고, 기영과 여동생 둘에게서 오천만원을 빌린 뒤 잠적해버렸다.

기영이 모친을 모시고 살기 시작했을 때 기영의 아내는 둘째를 임신 중이었다. '부끄러워서 집에도 못 돌아오는' 아픈 손가락을 그리워하던 모친은 화병이 나고 말았고, 그 화풀이는 고스란히 기영의 아내에게 돌아갔다. 첫 오 년은, 형이 죽었는지 살았는지 모르는데 잘도 애 둘 낳고 산다며 작은 일에도 트집을 잡으며 못살게 굴더니, 그 다음 오 년은 치매를 얻어 기영을 장남으로 착각하기 시작하며 붙여시 같은 년이 내 아들을 빼앗아갔다며 못살게 굴었다. 그 긴 세월, 기영은 집밖으로만 나돌았다. 뭔가 많이 잘못되어 있다고 느꼈을 때, 기영의 아이들은 벌써 사춘기에 접어들어 있었고, 아내는 이혼장을 내밀었다.

언젠가 머나먼 여행지에서 기영에게 엽서를 쓰고 싶어.
너는 너의 여행지에서 내게 엽서를 쓰는 거지.
여행지를 옮겨 다니며 끊임없이 서로에게.
같이 여행을 떠난 기분이지 않을까?
그런 날이 꼭 오겠지?

이차장, 그거 알고 있었어? 가처분 신청 걸려 있는 건 말이야…… 최기자 그 새끼가 내부 고발한 거라고 소문이 파다하던데 어디 가서 아끼는 후배라고 말하고 다니지 않는 게 좋겠어. 요즘 같은 때 더욱 조심해야지, 안 그래? 사회부 조차장이 술에 얼근하게 취한 채 소리 낮춰 밀담을 해온 것은 문화부와 사회부가 함께하는 회식

자리에서였다. 조차장은 어딘가 모르게 들떠 보였다. 그즈음 회사는 뒷돈을 받고 '기사형 광고'를 포털에 게재한 혐의로 '포털에 기사 노출 제재'라는 철퇴를 맞았다. 회사에서는 다른 언론사들도 알게 모르게 해온 관행을 우리에게만 엄격하게 적용하는 건 형평성에 어긋난다며 이 같은 처분을 정지하는 가처분 신청을 해둔 상황이었다. 기영은 지난 봄, 비가 내리던 어느 저녁 회사 앞 부침개집에서 막걸리를 마셨던 날이 떠올랐다.

선배님, 기자정신은 다 어디로 갔단 말인가요. 최기자는 기영을 만나기 전부터 이미 취해 있었다. 남다른 정의감만큼이나 손해도 많이 보는 타입이었지만 이런 약점도 언젠가는 세상을 정면돌파하는 데 필요한 자양분이 되리라고 굳게 믿던 그였다. 옆에는 그의 입사동기인 문기자가 앉아 있었다. 평소에도 말수가 적은 그는 아무 말 없이 이따금 고개만 주억거렸다. 선배님, 제가 터뜨려도 되겠습니까. 오케이 내려주시겠습니까, 선배님. 기영은 그저 꾸역꾸역 술만 따라줄 뿐 아무런 대꾸도 하지 못했다.

기영은 그제야 조차장 옆에 앉아 그의 술잔이 비워지기 무섭게 계속 술을 채우는 문기자가 눈에 들어왔다. 그러고 보니 인사철도 아닌데 문기자가 최근 조차장의 적극 추천으로 여론조사팀에서 사회부로 이동해온 사실이 퍼뜩 머리를 스쳤다. 최기자에게 전화 한 통 해봐야 할까, 기영은 잠깐 그러한 생각이 들었지만, 그가 바라는 것이 정말 최기자의 안위인지는 알 수 없었다.

가장 힘든 날을 보내고 있겠지. 나도 그렇지만……
그래도 조금만 더 용기를 내길. 마음마저 의기소침해지면 안 돼.
힘든 나날 중에 기영에게 자그마한 힘이 되어주면 좋겠어.

기영이 처음부터 기자가 되려던 것은 아니었다. 오로지 모친을 기쁘게 하기 위해 기영은 서울에 있는 법학대학에 진학했다. 그러나 여전히 장남의 뒷바라지 혹은 뒷수습에 바빴던 모친은 기영이 서울로 진학함에 따라 더 이상 가계에 돈을 보탤 수 없게 된 것에 그저 분노했다.

기영이 대학에서 만난 세계는 위화감 그리고 동질감으로 양분되었다. 전자와는 물과 기름처럼 노력하지 않아도 거리가 생겼고 후자와는 의식적으로 멀리했다. 등록금과 책값, 자취방 월세와 생활비까지 스스로 힘으로 마련해야 하는 자신의 모습을 다른 이에게서 발견할 때 기영은 연민을 느꼈는데 누군가 그 자신 역시 같은 시선으로 바라볼 것이 그는 수치스러웠다.

기영이 경환과 가까워진 것은, 그래서 불가해한 일이었다. 경환의 집안은 대대로 영남지역의 유지였다. 경환은 부친이 얻어준 강남의 아파트에서 살고, 세단을 끌고 등교했다. 경환은 그 세단에 기영을 태워 어디든 데려다주었고, 종종 라면으로 끼니를 때우는 기영을 불러내 삼겹살에 소주 한잔으로 배를 채워주었다. 기영은 경환을 불편해하면서도 완전히 거부할 수는 없었는데, 오랜 외로움으로 바짝 말라버린 기영에게 누군가의 호의는 너무나도 달콤한 해갈이 되어주었기 때문이었다. 그러면서도 그는 경환에게 온전히 자신의 곁을 내주지 않은 채 냉소적인 태도를 견지했다. 그가 애써 유지하려는 불편한 거리감, 딱 그만큼이 기영의 자존감의 크기였다. 기영에 대해 묻는 누군가에게 경환은 가볍게 웃으며 내가 재한테 궁금한 게 많거든, 하고 답했다.

펼쳐보지 않으면 무슨 그림이 숨어 있는지 알 수 없는 부채처럼,
드러나지 않는다고 해서 존재하지 않는 것은 아니야.
궁금해 하지 않는다면, 찾아보지 않는다면
그것은 영원히 모습을 드러내지 않는다.

출근하자마자 호출을 받고 인사팀장실로 올라가면서 기영은 올 것이 왔다고 생각했다. 이차장, 출판사 편집위원 정도면 모양새가 언론인 출신한테 썩 준수하지, 안 그래? 이차장이 그 최민석이가 한 짓거리에 대해서 잘 알고 있을 거 같아서 말이야. 내가 파주에 근사하게 자리 하나 만들어줄게. 이차장도 뒤처리 잘 하고 나가야 개운할 거 아냐, 엉?

기영은 자리로 돌아와서 무너지듯 의자에 걸터앉았다. 멍하니 천정만 바라보며 한동안 꼼짝도 않던 기영은 갑자기 몸을 일으켜 휴대폰에서 최기자의 연락처를 찾았다. 최기자를 벼랑으로 내몰고 나면, 그다음은? 내가 붙들 그 줄은 새 동아줄일까, 아니면 썩은 동아줄일까. 기영은 깊은 한숨을 내쉬며 휴대폰을 데스크 위로 던졌다. 그리고 그때, 휴대폰이 떨어진 곳에 며칠 전 그 엽서가 눈에 들어왔다. 기영은 엽서를 집어드는 대신 다시 의자에 몸을 깊게 묻었다. 그러고는 두 눈을 질끈 감았다. 엽서를 들춰볼 필요는 없었다. 그곳에 쓰인 내용이라면 이미 오래전 몇 번이고 읽고 또 읽어

글자 토씨 하나도 빠뜨리지 않고 외우고 있었다.

기영이 Y를 처음 만난 건 국문학과에서 개최한 '문학의 봄밤' 행사에서였다. 그가 딱히 문학에 관심이 있었던 것은 아니었다. 당시 법학과 사무실에서 행정 아르바이트를 하던 그는 국문과 사무실로 잘못 배송된 택배 하나를 찾으러 갔다가 우연히 그 행사장에 들어섰다. 그리고 때마침 시 낭송을 하고 있던 Y를 보았고, 어딜 가나 라일락 향이 어지러이 배어 있던 늦봄의 밤 너무도 당연하게 기영은 Y를 사랑하게 되었다.

Y와 사귀게 된 것은, 그러나 기영이 아니라 경환이었다. 풀벌레 울음소리 가득한 한밤의 교정을 함께 걸으며, Y의 가녀린 손을 잡을 수도, 달빛 아래 그녀에게 입 맞출 수도 있었지만, 그는 좀처럼 용기를 내지 못했다. 제 것이 아닌 것을 탐하는 것만 같았다. 그리고 어느 날, 경환이 반짝이는 보석 알이 달랑거리는 목걸이를 사들고 나타났다. 사랑도 받아본 사람이 줄 수 있다고, 기영은 스스로에게 변명했다.

열정의 시작은 간절함이었고
간절함이란 본디 결핍과 고독에서 태어나는 것임을,
뒤늦은 피로함과 공허함에서 깨닫게 되지.
그러면 우리는 다시 결핍을 느끼고 고독해지는 거야……

경환과 Y는 단둘이 만나는 법이 없었다. 나 없는 곳에서 혼자 재밌는 거 하고 놀까 봐, 라며 경환은 기영을 늘 불러냈다. 영화를 보거나 밥을 먹고, 볼링을 치거나 스케이트를 타러가고, 경환의 세단으로 드라이브를 하러 갈 때도 기영은 그들과 함께였다. 처음에 기영은 그들의 데이트에 끼는 것을 강하게 거부했지만 마지못해 끌려 다녔고, 언제부터인가는 셋이 함께 다니는 것이 숨 쉬는 것만큼 자연스러워졌다.

자연스러운 척했지만 Y와 함께 있을 때 기영의 가슴은 정념으로 끓어올랐다. 경환이 Y의 허리를 감싸거나 손끝이 슬쩍슬쩍 그녀의 둔부를 스치는 것만 보아도 기영은 가슴이 터질 듯 괴로웠다. 그는 Y에게 통명한 말투를 내뱉고 그녀와 눈을 마주치지 않는 것으로 자신의 마음을 숨기려 애썼다. 그렇지만 그녀의 고요하고 흔들림 없는 눈동자를 피하지 못하고 속절없이 눈을 맞춘 날에는 자취방 구석에서 오래오래 수음을 했다.

Y를 가운데에 두고 양 옆에 두 남자가 앉아서 심야영화를 보던 어느 날 밤, 경환이 갑작스레 화장실에 다녀온다며 영화관 밖으로 나갔다. 저녁에 닭갈비를 먹으며 내내 맵다고 물을 들이키더니 탈이 난 모양인지 경환은 한참동안 돌아오지 않았다. 기영의 신경은 온통 Y의 치마 아래로 드러난 허벅지에 가 있었다. 점점 커지는 긴장감을 견디지 못하고 기영이 자리에서 일어나려는데 Y가 기영의 입술에 자신의 입술을 가져다 대었다. 그 순간 기영의 머릿속은 텅 비어버렸다. 그들은 영화관에, 아니 이 세상에 오직 둘만 존재한다는 듯 정신없이 서로의 입술을 탐하고 또 탐했다. 영화관 뒤편에서

출입문이 육중한 소리를 내며 열리자 그제야 둘은 황급히 떨어졌다. 경환이 자리에 돌아와 앉아 콜라를 쭈욱 들이키는 것을 곁눈으로 바라보며, 기영은 영화관 내 어둠이 그들의 상기된 얼굴을 부디 감추어주길 간절히 바랐다.

그 일이 있은 후에도 그들의 관계는 변함이 없었다. 기영을 대하는 Y의 태도는 혼란스러우리만치 평온했다. 기영은 친구에게 비겁한 짓을 했다는 흔한 죄책감에 몸부림쳤고, 어쩌면 아직 '기회'가 남아있을지 모른다는 교활한 희망에 시달렸다. 학기말 시험기간이 찾아와 시험공부에 매진하며 모든 괴로움을 잊으려 했지만 그의 마음처럼 되는 것은 처음부터 아무것도 없었다.

> *충동이 무언가를 정말 이루고 싶은 마음에서 비롯된 것이라면*
> *그 충동을 따르는 일이 행복을 가져와야 함이 마땅한데*
> *어째서 나의 충동은 따르면 따를수록 고통과 조바심과 압박이 찾아오는*
> *것일까. 충동은 용기의 다른 말일지도 몰라.*

기말고사가 끝난 날 셋은 오랜만에 술을 마셨다. 기영과 경환은 너무 많이 마시고 말았다. 그런 일 없던 Y마저도 몸을 가누지 못할 만큼 취했다. 경환이 술값을 계산하러 간 사이에 Y의 입에서 가느다란 말이 흘러나왔다. 너랑 같이 있고 싶어. 기영은 술이 확 깨는 동시에 강력한 약물에 취하는 듯한 기분이 들었다. 흥에 취한 경환은 한잔 하러 더 가자고 했다. 기영은 Y가 취했으니 자신의 자취방으로 가서 더 마시자고 말했다.

슈퍼에서 캔 맥주 여럿과 안주를 사들고 갔지만 경환은 정작 한 캔도 다 못 마시고 곯아떨어졌다. Y 역시 구석에 웅크려 미동도 하지 않았다. 기영은 Y가 죽은 것은 아닐까 걱정스러웠다. Y를 뒤에서 안고 같이 오래오래 죽어있으면 좋겠다고 생각했다.

까무룩 잠에 들었다가 부스럭거리는 소리에 기영은 눈을 떴다. 어느 틈엔가 자취방의 불은 꺼져 있었고, 어둠 속에서 작고 가녀린 신음소리가 들려왔다. 잠에서 완전히 깨지 못한 기영은 바로 상황 파악이 되지 않은 채 잠자코 누워 있었다. 곧 어둠에 익숙해진 기영의 눈에 들어온 것은 청바지가 무릎께 걸쳐져 있는 경환이 한 손으로는 그의 몸 아래에 깔린 Y의 입을 막고, 다른 한 손으로는 그녀의 치맛자락을 들추어 속옷을 힘겹게 끌어내리고 있는 모습이었다. 기영은 그대로 몸이 굳어버렸다. 꽁꽁 얼어붙어 입도 벙긋할 수 없었다. 기영의 모든 것이 정지했지만 눈앞 광경은 영화처럼 흘렀다.

가까스로 속옷을 내리는 데 성공한 경환은 거친 숨을 내몰아쉬며 몸을 움직이기 시작하고, Y는 숨이 끊기기 직전의 무너리 같은 소리를 내며 가녀린 손가락으로 경환의 단단한 손을 떼어내려 애썼다. 그때 창 위로 헤드라이트 불빛 한줄기가 길게 지났다. 불빛은 Y의 잔뜩 오그라든 발끝에서부터 회반죽 색의 맨다리를 훑고, 돌돌 말려 올라간 치맛자락 아래 복숭아 반쪽처럼 드러난 둔부를 지나, 풀어헤쳐진 블라우스 앞섶까지 드러내보였다가, 그녀의 목덜미 그리고 얼굴을 비추고는 블랙홀에 빨려 들어간 혜성처럼 모습을 감추었다. 방 안은 다시 어둠에 휩싸였다. 아주 짧은 순간이었지만 기영은 똑똑히 보았다. Y의 눈이 기영을 향하고 있었다. 오른쪽 눈 앞꼬리에서부터 배어나온 눈물이 콧등을 타고 왼쪽 눈으로 흘러들어갔다가 다시 흘러넘쳐 관자놀이까지 물길을 내고는 방바닥으로 뚝뚝 떨어졌다. 기영은 꼼짝도 할 수 없었다. 눈 뜨고 죽은 사람처럼 기영은, 그렇다고 눈을 감지도 못했다.

그 후로도 기영은 그 눈을 종종 떠올렸다. Y는 무슨 말을 하려던 것일까. 무슨 할 말이 있기는 했던 걸까. 혹시 꿈을 꾼 걸 아니었을까. 그러나 그 다음 날 아침 경환의 모습을 떠올리면 그날 밤은 꿈도, 환영도 아니었다. 기영이 정신을 잃듯이 잠에 빠졌다가 아침에 다시 눈을 떴을 때 Y는 보이지 않았다. 경환은 기영의 책상 앞에 등지고 서 있다가 기영이 움직이는 기척을 내자 돌아보았다. 그는 손에 든 것을 책 사이에 꺼놓고는 탁 소리 나도록 책을 덮었다.

사발면이라도 사먹을까, 기영이 몸을 일으키며 애써 아무렇지도 않은 척 물었을 때 경환은 시발새끼, 라며 이죽거렸다. 그는 지갑에서 만 원짜리 지폐를 손에 집히는 대로 꺼내더니 기영의 베개 위로 뿌렸다. 이걸로 국밥이나 처먹고 떨어져, 그지 같은 새끼. 경환은 손바닥만 한 기영의 자취방을 단숨에 가로질러 현관 앞에 섰다. 비겁한 새끼, 문을 열다 말고 그는 비웃음을 흘리며 말했다. 그래서 네가 그것밖에 안 되는 거야.

그것이 기영과 경환, 그리고 Y의 마지막이었다. 이듬해 경환이 사법고시에 패스했다는 소식이 전해졌다. 기영은 등록금을 제때 마련하지 못해 휴학과 복학을 반복하다 결국 사법고시를 포기하고

입대했다. 제대 후에는 언론고사를 준비해 서둘러 취직을 했다. Y
에 대해서는 그 이후로 그 누구에서도 아무것도 들을 수 없었다.

나 자신과 화해하는 일이 과연 가능할까.
나를 나보다 더 사랑해줄 사람은 없지. 서글프지만 변치 않는 진실.
그렇지만,

기영이 희망퇴직 대상자에서 구사일생으로 제외된 건 어느 날
아침 간부대책회의에 기획실장의 비서가 긴급하게 소식을 알려왔
을 때였다. 비서에 따르면, 얼마 전 법복을 벗고 한일 법무법인으
로 간 정 변호사가 이번 가처분 신청 판결에 배정된 판사와 사시
동기이며, 정 변호사의 부친이 문체부 재정담당관하고 동향 사람인
데 담당관이 오래 전 그 부친에게서 '하해와 같은 은혜'를 입었다
며 그를 제 친부모처럼 극진히 모신다는 것이었다. 회사의 근간을
뒤흔드는 최근의 문제들을 해결할 수 있는 열쇠는 바로 정 변호사
와 같은 법대 동기인 기영에게 있다고, 간부들은 성급하게 결론을
내렸다.

기획실장은 그날 아침 이후부터 줄기차게 기영을 불러들였다. 곧
사회부랑 문화부가 통합될 거야. 윗선에서 자네랑 조차장이랑 저울
질 하는 거 알고 있지? 잘 생각해. 옛 정이라는 건 이럴 때 써먹으
라고 있는 거라고. 이차장, 애가 둘이랬던가?

인사팀에 희망퇴직 신청서를 제출하고 회사를 나선 기영은 소주
두어 병을 사들고 모교를 찾아갔다. 졸업하고 처음으로 찾은 캠퍼

스는 몰라보도록 변해 있었다. 이맘때면 얼굴 크기만 한 플라타너스 잎사귀들이 서그럭서그럭 뒹굴던 광장은 반 토막이 나 있었다. '정보통신미래관'이라는 현판이 붙은 육중한 석조건물이 덜커덕 나머지 반을 잡아먹고 앉아 광장 위로 음울한 그림자를 올가미처럼 드리웠다.

사실은 딱 한 번 연락이 왔었다. 폭음이 일상이던 30대의 어느 겨울, 폭설이 내리던 밤이었다. 전화기 너머 그녀는 광장이 온통 새하얗다고 말했다. 새하얀 눈이 모든 걸 덮어버렸어. 기영은 왁자지껄한 술자리의 소란 속에서 그녀의 말을 한마디도 놓치지 않으려 애썼다. 그래서 네 생각이 나. 잎사귀를 모두 떨구어 금간 유리창 같은 플라타너스 아래 그녀가 서 있는 모습이 그려졌다. 차가운 눈 결정이 그의 귓불을 타고 뺨에 느껴지는 듯했다. 그러나 그의 입에서 나온 말은 고작 이러했다. 내가 아니라 다른 누군가가 생각나는 거겠지.

그는 아무 벤치나 찾아 앉고는 깜깜한 어둠이 사위를 잡아먹을 때까지 술병을 비우며 꼼짝도 하지 않았다. 그를 찾는 휴대전화가 끈질기게 울려댔지만 받지 않았다.

우리가 서로의 구원이 되어 줄 수 있을까.

현관문을 열고 기영이 비틀거리며 들어서자 거실에 앉아 있던 아들과 딸은 벌떡 일어나 각자 제 방으로 문 닫고 들어갔다. 아내는 현관문을 덜컹인 것이 그저 바람 한 줄기에 불과하다는 듯 한

번 힐끔 쳐다보고는 곧장 어두컴컴한 부엌으로 들어갔다. 그러고는 내일 아이들 아침식사로 낼 무국의 가스 불을 줄였다.

기영은 거실을 가로질러 모친이 쓰는 방으로 들어갔다. 모친은 여느 때처럼 창을 활짝 열고 하염없이 아래를 내려다보고 있었다. 어머니, 저 왔어요. 오냐, 우리 아들 오늘 술 한 잔 했구나. 기영은 훌쩍거리기 시작했다. 우리 아들…… 세상살이 쉽지가 않제? 모친이 기영을 끌어안고 등을 토닥토닥 두들겼다. 기영은 북받쳐오는 울음을 삼키느라 숨을 헐떡였다. 울거라, 울거라. 아들한테 간이라도 떼어줘야 에미라고 할진데 아무것도 해준 게 없어 내가 죄인이다 죄인. 기영은 더 이상 참지 못하고 분수토를 하듯 쏟아내기 시작했다. 어머니, 왜 그러셨어요? 형이랑 똑같이 해달라고 바란 건 아니었어요. 그냥 저도 어머니 아들이니까. 어머니 뒷모습만 바라보는 아들이 여기에도 있으니까. 저를 한 번은 바라봐줬어도…… 모친의 손길이 갑자기 멈추었다. 모친은 두 눈을 부릅뜨고 기영의 얼굴을 한참 들여다보더니 소리를 지르기 시작했다. 기훈아, 기훈아! 이 남자 누구냐! 나한테 왜 이러냐! 기훈아, 어디 갔느냐! 기영은 어머니를 꼭 붙들고 흔들었다. 어머니, 저 기영이에요. 어머니의 둘째 아들 기영이요! 장남이 버리고 떠난 어머니 먹여 살리는 효자 기영이요! 모친은 새된 목소리로 외치고 또 외쳤다, 사람 살려!

모친의 겁에 질린 목소리가 어두컴컴한 아파트 단지 내 메아리쳐 울리고, 기영이 어머니의 거죽만 남은 다리를 붙들고 엎드린 채 오수관 맨홀을 들어 올리는 폭우처럼 울음을 쏟아내는 동안 그의 아내와 아이들은 한 번도 들여다보지 않았다.

살라미
시티

문
혜
주

'삐 삐 삐 삐, 삐 삐 삐 삐….'

서둘러 침대 옆 협탁 위에 있는 핸드폰으로 손을 뻗어 요란하게 울리는 알람을 껐다. '아, 참. 이제는 이렇게 급하게 핸드폰 알람을 끄지 않아도 되지.' 미아는 기지개를 쭉 켜며 생각했다. 벌써 여기서 산 지 6개월이 지났는데도 아직도 옆집 사람이 시끄럽다며 벽을 두드릴까 두렵다. 진짜 웃기는 사람이었어. 자기는 시끄럽게 음악을 틀어놓곤 했으면서. 알람 소리가 시끄럽다고 벽을 두드리고, 진동으로 해두면 진동 소리가 들린다고 벽을 두드리고…. 하지만 이제는 그럴 일이 없다. 새삼 후련해하며 입을 크게 벌려 하품을 한 뒤 눈을 떴다. 조금 낮은 듯 한 천장이 보였다. 싱글 침대 하나와 작은 협탁만으로 꽉 찬 공간이었지만 둥근 벽면이 아늑하다. 슬리퍼를 한발씩 신고 일어나 커튼을 젖히고 창문을 열었다. 밤사이비가 왔는지 주변이 촉촉했다. 싱그러운 잔디가 초록빛을 뿜내고 선선하고 청량한 가을바람이 코끝에 와닿았다. 찬 기운에 부르르 몸을 떨며 옷걸이에 걸어둔 가운을 걸쳤다. 바람이 좋으니 조금 더 환기를 시키자. 역시, 어제 조각 공원에 자리 잡길 잘했다. '흥흥' 이상한 콧노래를 흥얼거리며 주방으로 들어갔다. 귀여운 보라색 소형 스메그 냉장고에서 물을 꺼내 컵에 따르고 약통에서 캡슐을 한 알 꺼내 물과 함께 삼켰다. 으, 얼굴이 찌푸려지며 몸서리쳐졌다. 고작 아침저녁 한 알씩 먹는 약인데 좀처럼 적응이 안 된다. 그래도 하루 두 번 잠깐의 괴로움이 하루 종일, 아니 평생의 안락함을 선사한다면 기꺼이 감수하리라. 아, 서둘러야 한다. 한 시간 안에 준비하고 집에서 나와야 한다. 서둘러 샤워하고 간단히 화장하고 외출복으로 갈아입었다. 5분 전, 집 밖으로 나왔다. 이때가 제일 가슴이 뛰고 긴장된다. 문에 붙어 있는 파란색 버튼을 눌렀다. 우웅- 하는 소리와 함께 집이 점점 작아지기 시작했다. 6개월을 생활했지만, 볼 때마다 신기하다. 생명공학과 양자역학 만세. 시계 알 만큼 작아진 집을 전용 팔찌에 끼웠다. 오늘 저녁에는 어디서 집을 세워볼까 하는 생각을 하며 버스정류장을 향해 걸어갔다. 아직 떠나지 않은 다른 집들이 몇 채 보였다. 매일 다른 장소, 매일 다른 이웃들. 크게 신경 쓰지 않아도 되는 풍경의 요소일 뿐이다. 그 사실 상기할때마다 가슴속에 끈적하게 붙어있던 찌꺼기가 건조되어 부서져 날아갔지만 아주 작은 티끌 한 조각은 점성이 남아 내 안에 붙어있었다.

일 년 전, 처음 독립을 하고 원룸으로 이사를 왔다. 혼자 사는 살림이라 이삿짐이 별로 없다고 생각했는데 생각보다 이삿짐 정리에 시간이 걸렸다. 보통은 알람이 울리면 바로 끄는데, 그날은 이삿짐 정리를 하느라 너무 피곤했던 것 같다. 한참 동안 울렸던 걸 미처 못 들었다. '쿵, 쿵, 쿵 쿵쿵….' 알람 소리와 함께 쿵쿵 벽을 치는 소리가 들려 잠에서 깨었다. "뭐지?" 알람을 끄니 소리가 멈췄다. 알람 때문이구나 하는 생각이 들었다. 옆집에 미안한 마음이 들었다. 다음날은 바로 껐다고 생각했는데 또 쿵쿵 벽을 치는 소리가 들렸다. 그렇게 계속 아침마다 알람 소리와 벽치는 소리를 들으며 잠에서 깼다. 진동으로 바꿔도 마찬가지였다. 웃기는 게 옆집 사람은 저녁에는 노래를 크게 틀어두었다. 가끔은 노래를 부르는 소리가 들릴 때도 있었다. 집주인 아주머니에게 듣기론 옆집은 나보다 먼저 이사를 왔다고 했다. 집주인 아주머니는 옆집 사람은 여자이고 회사원 같은데 바쁜지 일찍 출근하고 늦게 퇴근하는 것 같다며 얼굴 보기가 매우 힘들다고 하셨다.

'그러니까 503호는 옆집 신경 덜 쓰고 편하게 생활할 수 있을 거야.'

라고 했는데. '요즘도 그렇게 오래 일하는 사람이 있나?' 하는 생각을 하며 안 그래도 옆집이 바로 붙어 있어서 신경 쓰였는데 잘 됐다고 속으로 좋아했다. 그런데 이사를 오자마자 이 난리라니…. 알람 없이 일어날 자신이 없는데 어쩌란 말인가. 버틸 만큼 버텨보자. 내가 더 정신 차려서 울리자마자 바로 끄면 되겠지. 옆집 덕분에 칼같이 일어나게 되었다. 아예 알람 시간을 일어날 수 있는 시간에 조정을 하기도 했고. 하지만 며칠 뒤 퇴근하고 집으로 들어가려는데 현관문 앞에 포스트잇이 붙여진 것을 보았다. 그 안에는 '옆집입니다. 알람 때문에 시끄러워 살 수가 없습니다. 제발 조용히 좀 해주세요. -504호-'라는 내용이 쓰여있었다. 억울했고, 화가 났다. 나는 그 길로 맨 위층 주인집에 올라가 벨을 눌렀다.

'누구세요?' 인터폰으로 주인집 아주머니가 물었다.

"안녕하세요, 저 503호 사는 사람인데요, 잠깐 이야기 좀 나눌 수 있을까요?"

내가 말하자, 잠깐만요, 하며 인터폰 끄는 소리가 나더니 아주머니가 문을 열어주시며 들어오라고 하셨다. 아, 아니에요. 그냥 여기서 말해도 될 것 같아요. 하고 내가 말하자 말해요, 그럼. 하며 아주머니가 발로 도어 스토퍼를 내렸다.

"저, 옆집 504호에 회사에 다니는 여자분 산다고 했었죠?"

내가 물었더니 아주머니가 팔짱을 끼며 조금 소리를 높였다.

"아, 504호? 아니? 글쎄 내가 기가 막혀서. 살라미 시틴가 달래미 시틴가 거기로 이사하게 되었다면서 계약을 종료하겠다고 하는 거 있지? 계약기간도 안 끝났는데 급하게 말하면 어떻게 해? 게다가 그 집은 반전세였는데, 어떻게 보증금이랑 전세금을 금방 빼줘? 그래서 이렇게 계약도 안 끝났는데 이러면 어떻게 하냐고 하니까 사정이 생겼다면서 이해해달라고 하더라고. 그래도 금방은 돈 주기 힘들다고 하니까 집에 들어올 사람 있다고 연결해 주면 되겠냐고 하는 거야? 그래서 뭐, 그 사람이랑 새로 계약하고 보증금이랑 전세금 돌려줬지, 왜?"

뭐야, 손해 본 것도 없고 편하게 해결되었잖아? 하는 생각이 들었지만, 내색은 하지 않았다.

"아, 그러면 새로 이사를 왔나 보네요. 근데 이거 보세요. 알람 소리가 시끄럽다고 현관문 앞에 이렇게 포스트잇을 붙였더라고요."

나는 아주머니께 포스트잇을 보여주며 말을 덧붙였다.

"그런데 저 진짜 조심하고 있어요. 진동 소리에도 시끄럽다며 벽을 치고 반응해서 어쩔 수 없이 소리로 해두는데 소리도 제일 작은 소리로 한다고요. 게다가 그 사람은 저녁에는 노래도 크게 틀어 놓고, 가끔 노래를 부르는 소리도 들려요."

"에고, 서로 조심해야지. 알았어요. 내가 옆집에 말해둘게."

그래도 흔쾌히 먼저 나서서 말해주겠다는 아주머니가 고마웠다. 거듭 고맙다, 부탁한다는 인사를 하며 내려왔다. 그로부터 며칠 뒤, 아주머니 덕분인지 아침에 벽을 두드리는 소리는 들리지 않았다. 하지만 저녁에 들리는 노랫소리는 여전했다.

"아 도대체 뭐 하는 사람이야?"

나는 화가 났지만 해코지당할까 무서워서 참을 수밖에 없었다. 이런 내 성격이 한심했지만 그래도 무서움이 더 컸다. 결국 나의 첫 집은 점점 불편한 장소가 되었다. 집에 가기 싫어서 일부러 회사에 더 있다가 오기도 했다. 같이 일하는 이 대리가 칼퇴근에 목숨을 거는 홍 대리님이 어쩐 일이냐며 놀렸다.

그날도 일부러 천천히 일을 마치고 버티다가 회사를 나왔다. 마트나 들렀다 가자 싶어서 지하철을 탔는데 열차 내 액자형 광고가 눈에 띄었다.

살라미 시티 입주 모집합니다.

더 이상 집 걱정 없이 모두가 1인 1주택의 주인이 되는 곳

층간 소음, 벽간 소음 걱정 없는 오롯한 나만의 공간 만들기

지금 입주 신청하세요!

광고는 사진 이미지 하나 없이 문구만 적혀 있었고 오른쪽 옆에는 작은 큐알코드만 있었다. 살라미 시티? 살라미 시티가 뭐더라? 어디서 들어봤던 것 같은데. 아, 옆집 여자가 여기로 이사를 했다고 했지. 하는 생각을 하며 홍보 문구 옆에 있는 큐알코드를 찍어봤다. 큐알코드는 '한국 생명과학 양자역학 연구소'라는 사이트로 연결되었다. 입주 모집이면 건설사 사이트로 가야 하는 거 아닌가? 하는 생각이 들기도 했지만 바로 뜬 팝업 창에 지하철 광고와 똑같은 광고가 있어 클릭해 보았다. 열린 페이지 첫 사진은 연구용 흰 가운을 입고 활짝 웃고 있는 두 명의 박사와 그 옆에 아주 큰 달팽이가 있는 사진이었다. 아니다. 자세히 보니 달팽이가 아니라 달팽이 집이었다. 진짜 달팽이 집이 아니라 달팽이 집을 닮은 집. 내용을 읽어보니 생명공학의 앨런 그린 박사와 양자 역학의 림 킴 박사가 공동 연구를 해서 만든 새로운 형태의 주거 공간이란다. 앨런 그린 박사와 림 킴 박사…. 아, 전에 집을 구하느라 관련 영상을 찾아봤을 때 알고리즘에 떴던 영상이구나. 그때는 집 구하기랑 연관도 없는 무슨 과학 영상이냐 했는데 이런 거였구나. 아래에는 내가 봤던 유튜브 영상이 링크되어 있었다. 간단히 장을 보고 집으로

돌아와 씻고 저녁을 먹으며 영상을 봤다.

'우리는 자연에서 모티브를 얻어야 합니다. 우리가 새로운 형태의 주거 공간에 대해 고민했을 때 착안한 생명체는 바로 달팽이입니다…' 앨런 그린 박사가 달팽이 집에 관해 설명했다. 그다음 림킴 박사가 나와 양자역학에 대하여 설명했다. '자, 여러분, 양자역학의 어떤 요소가 이 집을 가능하게 했을까요? 바로 원자들의 공간입니다. 저는 여기에서 아이디어를 얻었습니다. 양자세계에서 입자가 가질 수 있는….' 아이고 머리야, 도무지 이해할 수 없는 말들의 향연이었다. 안드로메다로 가는 말들을 부여잡고 있을 때 영상 속 장면이 바뀌고 드디어 아까 사진에서 봤던 달팽이 모양 집이 나왔다. 오호, 이제야 관심이 생긴다. 도대체 이 집이 어떻단 거지? 영상 속에는 작은 독채만 한 달팽이 집이 뉘어 있었고 문 앞에 앨런 그린 박사와 림 킴 박사가 양옆에 서 있었다. 앨런 그린 박사는 생명 공학과 양자 역학의 만남이 이렇게 빛을 발할 수 있다며 다소 흥분한 목소리로 이야기했다. 그리고 문에 붙어있는 파란 버튼을 눌렀다. 그 순간 달팽이 집이 우웅―하며 점점 작아지기 시작했는데 불과 몇초밖에 걸리지 않았다. 작아진 집을 팔찌에 끼우며 림 킴 박사가 이게 바로 주거의 새 역사라고 하며 영상은 끝이 났다. 난 밥 먹는 것도 잊고 있었다. 충격적이었다. 진짜? 저게 가능하다고? 그런데 세상이 왜 이렇게 조용하지? 이렇게 획기적인 일이라면 방송에서 난리가 나야 하는 것 아닌가? 하는 따위의 생각을 하는데 아, 또 노랫소리가 들리기 시작했다. 오늘은 몇 시까지 부르려나. 옆집은 노래 못 불러 죽은 귀신이 붙었나 보다.

며칠 동안 틈틈이 살라미 시티에 대해 알아보았다. 아직은 홍보가 소극적이라 많은 정보가 나오지는 않았지만 그래도 약간의 기사들은 읽을 수 있었다. 기사들은 유튜브 영상과 홈페이지의 내용을 정리해 놓은 것 같았다. 이미 홈페이지를 통해 다 아는 내용들뿐이었다. 직접 살아본 사람의 이야기를 듣고 싶은데, 그 후기는 도통 찾을 수 없었다. 그러다 문득 살라미 시티로 이사 간 옆집 여자가 생각났다.

다음날, 마침 주말이라 시장에 들러 과일을 좀 사서 주인집 아주머니를 찾아갔다. 아주머니는 개인정보라며 옆집 여자의 연락처를 알려주기를 꺼렸다. 그래서 "그럼 아주머니가 옆집 여자에게 전화를 걸어 저와 통화를 해도 되는지 물어보시고 좋다고 하면 제 연락처를 알려주시면 어떨까요?" 하며 재차 부탁했다. 아주머니는 미심쩍게 나를 쳐다보며 왜 그러는지 물어봤다. 나는 '친구가 그녀가 이사한 곳으로 이사를 할까 해서 어떤지 물어봤는데 제가 알 수가 없어서요.' 라고, 대충 얼버무렸다. 빨리 연락이 왔으면 좋겠다고 생각하면서도 연락이 오지 않을 가능성이 더 크기에 잊고 있기로 했다. 그렇게 일요일이 지나고 월요일은 일이 바빠 자연히 생각할 겨를이 없었다. 점심을 먹으러 나가는데 휴대전화 화면에 문자메시지가 왔다는 알림이 떴다. 확인해 보니 이사 간 옆집 여자였다.

'안녕하세요.

은애빌 503호 사시는 분이시죠?

저는 504호 살았던 김희정이라고 합니다.

제게 물어볼 게 있다고 하셔서 연락드렸습니다.

저는 7시 이후에 통화 가능하니 시간 되시면 그때 전화주세요.'

어차피 옆집은 노래를 부를 시간이니 편하게 집에서 통화를 하기로 하고 퇴근 후 집에서 일곱 시가 되기를 기다렸다. 시간이 평소보다 더디게 가는 것처럼 느껴졌다. 드디어 일곱 시가 되었다. 막상 통화를 하려니 긴장이 되었다. 크게 한번 두번 숨을 쉬고 통화버튼을 눌렀다. 수신음이 울리는 동안 긴장이 되어 입안이 말랐다. '여보세요.'하는 목소리가 들렸고 나는 내 소개를 하며 살라미 시티에 대하여 이것저것 궁금한 것을 물어보았다. 알고 보니 그녀는 살라미 시티 입주자이자 살라미 시티 연구원이었다. 아직 홍보를 적극적으로 하지 않는 것은 입주 실험이 끝나지 않아서라며, 입주 실험 모집을 하기엔 정부도 이 실험을 어떤 카테고리에 넣어야 할지 난감해서 승인이 나는게 오래 걸렸다고 했다. 그래서 지하철 광고에서도 입주실험자를 모집한다는 문구를 넣지 않았다고 했다. 더 많은 데이터를 수집해야 하지만 리스크가 커서 지금은 적극적으로 원하는 사람을 뽑기 위해 최소한의 정보만 광고에 넣어 두었다고. 최소한의 정보를 보고 호기심이 생기면 사이트에 들어가 알아보고 신청할 테니까. 실제로 지금은 100명 정도가 입주실험자로 실험하고 있다고 했다. 만약 살라미 집을 실제로 보고 싶다면 자기 집으로 초대하고 싶다는 이야기도 했다. '직접 봐야 해요. 직접 봐야 더 짜릿하거든요.' 나는 무섭기도 했고 궁금하기도 했다. 한편으로는 얼굴도 모르는 여자와 한 번 통화했을 뿐인데 의심 없이 찾아가도 되나 싶기도 했다. 여러 가지 생각으로 대답하지 못하자 그녀가 웃음이 섞인 목소리로 이야기했다. '괜찮아요. 천천히 생각해 보고 연락해 주세요.' 통화가 끝난 뒤 피곤하고 머리가 복잡해서 더는 생각할 수 없어 잠자리에 들었다.

  아마 옆집에 사는, 노래에 미친 사람이 아니라면 희정에게 연락하지 않았을 것이다. 하루가 멀다고 저녁에 들리는 소음은(애석하게도 옆집 사람은 음치였다.) 더는 나를 참을 수 없게 만들었다. 그래, 일단 보기만 하는 거야. 보고 판단하자. 여기서 멀지도 않은걸. 나는 불안을 감추려 스스로를 다독이며 지하철을 타고 살라미 시티로 향했다. 살라미 시티는 새로 개통된 남양주시 오남역 근처에 있었다.

  오남역 2번 출구로 나가며 희정씨에게 전화를 걸었다. 손을 흔드는 여자가 보였다. 핸드폰 너머 여기에요, 하는 소리가 들렸다. 희정씨는 내가 전화 통화를 하며 상상했던 이미지와는 달랐다. 내 상상 속 그녀는 포니테일에 아주 두꺼운 안경을 끼고 단정한 셔츠에 슬랙스를 입고 있을 것 같았는데 실제 희정씨는 짧은 머리에 맨투맨 티셔츠, 청바지를 입고 있었다. 아, 두꺼운 안경을 쓰고 있긴 했다. 우리는 인사를 한 뒤 살라미 시티로 향했다. 여기, 셔틀버스가 와요. 하며 희정이 정류장을 가리켰다. 셔틀버스를 타고 20분 정도 가니 목적지에 도착했다. 여기가 살라미 시티에요, 하며 가리킨 곳은 넓은 주차장처럼 보이는 콘크리트 바닥 공터와 조각 공원이 있었다.

  "아무것도 없죠? 다른 입주 실험자들은 모두 출근해서 그럴 거예요. 저녁에는 100채의 살라미 집이 생겨서 마을같이 보여요. ” 하며 희정이 설명했다. “아, 그러면 희정씨 집은요?” “이제 보여드려야죠.” 싱긋 웃으며 희정이 말했다.

“우리 어디에 집을 지어볼까요?”

“네?”

“마음에 드는 곳을 정해보세요. 마음에 드는 곳에 집을 세울 수 있다는 게 살라미 집의 장점 중 하나거든요.”

아, 그렇구나! 주위를 둘러보다 공원 잔디밭을 골랐다.

“일단 살라미 집을 짓기 전에 이 알약을 한 알 먹어야 해요. 이 알약은 꼭 집을 짓기 전 한 번, 집을 보관하기 위해 크기를 줄이기 전에 한 번, 이렇게 하루 두 번 먹어야 해요. 아, 만약 며칠 머무를 것이라면 아침, 저녁 먹어야 하니까. 그냥 하루 두 번이라고 생각하는 게 편하겠네요.”

“이 약은 무슨 약이죠? 왜 먹어야 해요?”

“아무래도 양자 역학으로 키웠다, 줄였다 하니까 일반 사람이 그냥 들어가면 어지러움, 구토 등이 발생할 수 있어요. 그래서 보완을 해주는 약이에요. 멀미약이라고 생각하면 쉬워요.“

약을 먹어야 한다는 점이 조금 찜찜하기는 했지만 희정이 먼저 약을 먹기에 나도 따라 먹었다.

“자, 이제 이 빨간 버튼을 누를게요. 저만치 떨어져 있어요.”

하며 희정이 손목에 찬 살라미 집을 꺼내 옆에 있는 빨간 버튼을 누르고 바닥에 내려놓고 내 쪽으로 뛰어왔다. 곧 우웅-하며 땅이 울리더니 달팽이 집이 말 그대로 집채만큼 커졌다. 나는 입을 벌린 채 그대로 얼음이 되었다. 잠시 후, 내가 지금 뭘 보고 있는 거야. 이거 몰래카메라 아냐? 하는 생각에 주변을 두리번거리며 카메라를 찾고 있는데 희정이 그 모습을 보고 깔깔거리며 웃었다.

"아하하, 처음 반응은 거의 비슷하네요. 미아 씨도 몰래카메라라고 생각하셨죠?"

나는 크게 미소 짓는 희정을 보며 얼떨떨해하며 말했다.

"아, 네. 직접 눈으로 봐도 믿을 수가 없네요."

"생명공학, 양자역학 만세. 과학의 위대함이죠. 자, 이제 들어가 봐요."

희정이 장난스럽게 팔을 낮게 들어 올리며 만세를 하며 말했다. 그녀가 문을 열고 먼저 들어가고 내가 그 뒤를 따랐다. 달팽이 집을 눕혀놓은 모양이라 가운데에 거실이 있고 거실을 둥글게 둘러 문이 있었다. 희정은 각각 자신의 취향에 따라 방을 꾸밀 수 있다고 설명하며 자신은 침실, 거실, 주방, 서재, 욕실로 방을 나누어 사용하고 있다고 설명했다. 천장이 조금 낮긴 했지만 전체적으로 따뜻한 느낌이 들었다.

"여기 앉으세요." 희정이 둥근 테이블 옆 의자를 가리키며 말했다. "커피? 차? 뭘 드실래요?" 나는 그녀가 가리켰던 의자에 앉으며 커피를 부탁하고 주변을 연신 둘러보았다. 이제 정말 집이라고?

"저 실례가 되지 않는다면 방도 둘러봐도 될까요?" 주방 쪽을 향해 내가 물었다. 아, 네. 그러세요. 하는 소리가 들렸다. 나는 하나씩 문을 열어보며 구경했다. 심플한 인테리어로 깔끔하게 정리된 침실과 책들이 가득한 서재였다. 주방도 심플한 편이었다. 이리 와서 커피 드세요. 하는 소리에 네. 하고 대답하며 방을 나와 아까의 의자에 앉았다.

"고마워요."

"어때요? 저는 입주 실험 자원한 지 석 달째인데 솔직히 기대 이상이에요. 다른 입주 실험자들도 대부분 피드백이 좋아요."

희정이 말했다,

"그러게요. 와 정말 생명공학 양자역학 만세네요. 하하…."

나는 좀 얼떨떨한 기분으로 말했다.

커피를 마시는 동안 내 눈은 쉴 새 없이 집을 둘러보았다.

"미아 씨, 집 작아지는 것도 궁금하죠? 시간 되시면 집 작아지는 것도 보고 가실래요?"

희정이 나에게 제안했다. 나는 흔쾌히 좋다고 했다. 그녀는 집은 정말 좋은 데 갈만한 식당이 없는 게 아쉽다며 셔틀버스를 타고 오남역까지 가야 먹을만한 식당이 나온다고 했다. 그러면서 집을 줄이려면 최소 6시간 후에 가능하니 함께 나가서 저녁을 먹고 괜찮으면 영화도 한 편 보자고 했다. 어색한 사이에 시간 보내기 좋겠다 싶어 영화도 보기로 했다. 커피를 마신 뒤 셔틀을 타고 오남역에서 희정이 추천하는 카레 집에서 카레를 먹고 대충 후기가 좋은 영화를 찾아 영화도 봤다. 시간을 보내고 돌아와 집 앞에 섰다. 집을 키울 때처럼 알약도 한 알 먹었다.

"어? 희정씨, 지금 집을 줄이면 언제 다시 키울 수 있어요? 희정 씨 오늘 집에서 못 자는 거 아니에요?"

걱정되어 물었다. 희정은 싱긋 웃더니 어차피 오늘은 오랜만에 본가에 가기로 했다며 괜찮다고 했다.

"자, 이제 작아집니다!" 하며 희정이 파란 버튼을 눌렀다. 다시 우웅-하는 소리와 함께 집이 작아졌다. 와, 정말 신기했다. 이게 마법이 아니고 과학이라니.

"이제 이걸 이렇게 시계처럼 손목에 차면 돼요."

하며 희정이 시계 알 같은 살라미 집을 끼우자 딸깍, 소리와 함께 손목에 찬 밴드에 끼워졌다.

"정말 눈앞에서 확인했는데도 신기하네요."

"그렇죠? 말단 연구원이지만 제가 이 집을 만드는데 일조했다는 게 정말 자랑스러워요."

그렇게 말하는 희정이 눈이 반짝반짝 빛났다. 반짝이는 희정의 눈동자는 마치 작은 우주를 담고 있는 것 같았다.

그날 저녁, 집으로 돌아와 노래에 미친 옆집 사람의 노래를 다시 듣는 순간, 살라미 시티에 입주 실험자로 지원하기로 다짐했다.

입주 실험자로 입주하는 데 희정의 도움이 정말 컸다. 집주인 아주머니는 4개월도 안 됐는데 계약을 종료하는 게 어디 있냐며 화를 내셨다. 옆집 사람 때문에 도저히 못 살겠단 내 말에도 그래도 이건 경우가 아니지 않냐며 따지셨다. 다행히 희정이 나 대신 들어올 사람을 소개해 주며 해결되었는데 들어올 사람은 음대생인데 전공은 바순이란다. 어떻게 이렇게 발이 넓은지 물었더니 근처 학교를 나와서 학교 게시판에 올렸더니 쉽게 구할 수 있었다고 했다. 역시, 학교도 좋은 데를 나왔군. 그렇게 희정 덕분에 옆집 사람에게 작은 복수도 했다.

　살라미 집에 입주 실험자로 들어간 후 처음에는 희정과 자주 만났다. 워낙 밝은 성격의 희정이라 함께 있으면 편했다. 여전히 주변에 식당은 없기에 주말이면 함께 역 근처에서 외식도 하고 이따금 영화도 봤다. 살라미 집은 다 좋은데 전에 다니던 직장에서 너무 멀어졌다. 거의 도합 네시간 가량 되는 출퇴근 시간 때문에 도저히 계속 다닐 수가 없어서 이직을 준비했다. 이직을 준비하느라 정신없는 동안 희정도 일이 바쁜지 점점 보기 힘들었다. 두 달 전, 잠시 볼 수 있냐며 오랜만에 함께 외식하자고 했다. 이직에 성공한 소식도 들려줄 겸 흔쾌히 종종 먹었던 역 근처 카레 집에서 보기로 했다. 먼저 도착해서 기다리고 있는데 띠링, 하는 도어벨 소리가 들렸다. 고개를 들어 문을 보니 희정이 들어오고 있었다. 그런데 희정의 표정이 영 불안해 보이고 살도 좀 빠진 것 같았다. '일이 많이 힘든가?' 그런 생각을 하며 손을 들어 아는 척을 했다. 희정이 맞은 편에 앉자 나는 그동안 잘 지냈지, 연락 자주 못해서 미안해 같은 이야기를 하며 말을 걸었다. 서로 즐겨 먹던 카레를 주문하고 반 정도 먹었을 때 희정이 나를 보며 말했다.

　"미아 씨, 살라미 집에서 사는 것 어때? 불편한 점은 없어?"

　"응, 더할 나위 없지. 아, 한 가지 있다."

　"그게 뭔데?"

　희정이 몸을 내 쪽으로 당기며 물었다.

　"맛집이 없는 거. 아. 언제쯤 살라미 시티 가까운 곳에 식당이 생기려나."

"아아. 다른 건? 몸은 괜찮고?"

희정이 다시 의자 안쪽으로 몸을 기대며 물었다.

"다른 거? 다른 건 모르겠는데? 왜?"

"아, 아니야. 그냥…. 그냥 안부지 뭐,"

희정이 희미하게 웃으며 말했다.

"희정씨야말로 무슨 일 있어? 일이 너무 많은 거야? 피곤해 보여. 건강은 괜찮은 거지?"

"아, 응. 다 괜찮아."

내 질문에 대답하는 희정이 어쩐지 내 눈을 피하는 것 같았다. 하지만 특별한 점을 발견하지 못해서 역시, 피곤한가 보네. 하며 대수롭지 않게 여겼다. 그날 이후 우리는, 아니 나는 딱히 이유가 없다는 핑계로 희정에게 연락하지 않았다.

***

'삐 삐 삐 삐, 삐 삐 삐 삐….'

알람을 끄고 눈을 떴다. 눈을 뜨기가 무서웠다. 어쩐지 평소와 달리 축축한 느낌이 드는 것 같았다. 축축한 건 딱 질색인데. 내가 즐기는 라일락 디퓨저 향 대신 비릿한 흙냄새가 나는 것도 같았다. 눈을 떠야 한다. 현실을 파악해야 한다. 나는 용기를 내어 천천히 눈을 떴다. 여전히 낮은 천장이었다. 하지만 어딘가 서늘했다. 천천히 고개를 돌려 침실을 둘러봤다. 역시, 희정이 말이 맞았나 보다.

삐걱거리는 침대와 낡은 협탁, 달팽이 점액질 같은 투명한 무언가가 묻은 벽. 아, 탄식이 절로 나왔다. 신기도 싫은 슬리퍼에 억지로 발을 끼우고 나왔다. 거실, 옷방, 주방, 화장실 모두 둘러보았다. 내가 가져온 짐들은 모두 그대로였지만 살라미 시티에서 제공해 준 가구와 소품들은 모두 거짓이었다.

어제 오후, 희정에게 장문의 문자가 왔다.

'미아 씨, 나야. 희정.

믿기지 않겠지만 방송으로 아는 것보다 내게 직접 듣는 게 좋을 것 같아서 문자 보내.

전화하려고 했는데 상황이 여의찮아서 문자 메시지로 알리는 것도 이해해 주길 바라.

있지. 오늘 저녁에는 꼭 살라미 시티에서 준 약을 먹지 말고 그냥 자. 꼭. 알았지?

아침에 일어나서 보는 집안 풍경은 그동안 미아 씨가 보던 풍경과 다를 거야.

결코 좋지는 않아.

정말 미안해. 나 역시 몰랐지만 그래도 변명하지 않을게.

나는 내일 오전에 살라미 시티의 비밀을 방송국에 제보하려고 해.

혹시 몰라서 유튜브에도 올릴 예정이야.

미아 씨가 누구보다 살라미 집에 만족했는데,

이런 상황을 만들게 되어서 정말 미안.

나는 말단 연구원이어서 너무 늦게 알게 되었어.

하지만 더 빨리 말했어야 했는데….

사실은 전에 카페 집에서 만났을 때 그때 말하려고 했어.

근데 도저히 말이 나오질 않더라.

우리가 아침저녁으로 먹던 약은 멀미약이 아니라 환각제였어.

본사에서는 내성이 없는 약이라고 하는데 내성이 있든 없든 우리를 기만했던 것은 사실이잖아?

나는 자수하고 진실을 밝힐 거야. 이 사실을 밝히는 게 과학자로서 내가 해야 할 소명인 것 같아.

다시 한번 미안해….'

희정이 말이 사실이 아니길 바랐다. 하지만 거짓일 리 없었다. 나 못지않게 희정도 살라미 집을 사랑했기에.

드러난 현실을 확인하고 나니 허무했다. 텔레비전의 뉴스 채널에서 나오는 뉴스를 들으며 하나씩 짐을 싸기 시작했다.

'이번 살라미 시티 사기 사건은,

앨런 그린 박사와 림 킴 박사가 국가연구개발사업에 선정되기 위해 미완성의 연구를 마치 완성된 것처럼 보이기 위해 약물을 사용하여 벌인 대대적인 사기극으로 지금까지 조사되었습니다. 양심 선언을 하고 이 사기극을 방송사에 제보한 김희정 연구원은 앨런 그린 박사와 림 킴 박사가 설립한 한국 생명공학 양자역학 연구소에서 연구원으로 일했으며 연구원 김 씨도 이 사기의 피해자로 알려졌습니다. 앨런 그린 박사와 림 킴 박사는 연구는….'

커트
트
Cut

박
서
담

현진은 그 손동작을 떠올렸다.

계란처럼 공손히 마우스를 쥔 그의 손이 아무 그림도 없는 검은
색 패드 위에서 시계 반대 방향으로 작은 호를 그린다. 마치 그 밑
에 트랙이 있어 한 방향으로만 힘을 주었을 뿐인데 관성에 의해
미끄러진 것처럼 그 호의 곡률은 대단히 정확하다. 그러면 화면 위
의 포인터가 정확히 그가 원하는 위치에 자리를 잡고 키보드의 C
를 누르는데 그 압력이 전기신호로 전환될 정도만 눌렀다가 다시
원래의 위치로 돌아온다. 불필요하게 세게 눌러 큰 소리를 내지 않
는다. 그러면 기다랗게 이어지던 클립이 두 개가 되고 세 개가 된
다. 그리고 그 길이에 따라 완전히 다른 것이 된다.

누군가는 그럴 것이다. 컴퓨터로 하는 일 따위가 뭐 그리 섬세할
것이 있느냐고. 하지만 그 동작은 분명히 달랐다. 마치 발레리나가

자신의 손 끝이나 발 끝을 가이드 포인트라도 있는 듯 아무것도 없는 공중에 점 하나를 찍고 다시 튀어 오르는 것처럼 그 별 볼일 없이 마우스를 움직이고 키보드 버튼을 하나 누르는 그 동작에도 그런 종류의 기품 같은 것이 깃들어 있다고 느꼈다.

"우리가 할 수 있는 건 결국 잘라내는 것뿐이야."

현진은 점원이 포타필터에 수북이 담긴 원두가루를 템퍼로 누르는 것을 보았다. 어쩌면 저 동작에도 그런 기품이 있어야 할지도 모른다고 생각했다. 너무 세게 눌러도 너무 살짝 눌러도 맛없는 커피가 만들어질 것이다. 그 압력을 오로지 손으로만 느껴야 한다. 그 압력을 표시해 주는 게이지 같은 것도 없이 몇 달간 임시로 일할 뿐인 점원의 손바닥 감각에 이 카페의 커피 맛이 좌지우지된다. 하긴 이 울산역에 카페는 여기뿐이지. 현진이 그 앞에 선 것은 벌써 세 번째였다. 모든 추출구에 포타필터를 끼우고 나서야 현진에게 다가오는 점원 뒤로 수증기가 모락모락 올라왔다. 현진은 그 모습이 과열된 증기기관차 같다고 생각하며 그 열기를 식혀주고 싶었지만 '뭐 필요한 거 있으세요?'라고 말하는 점원의 목소리는 이미 그녀를 진상 손님으로 분류한 듯이 들렸다. 현진은 점원이 뜨거운 물 한 컵과 새 머그컵을 꺼내는 동안 그 장면을 어떻게 하면 쓸만한 장면이 될까 상상했다. 볼륨? 재생 속도? 하다가 이내 곧 아냐 이건 못 살려.라고 생각했다. 커트.

뜨거운 물과 머그컵이 올려진 쟁반을 든 현진은 두 계단 정도

위에 테이블이 모여있는 곳으로 향했다. 좁은 곳에 테이블과 의자들을 잔뜩 욱여넣은 탓에 통로라고 할 만한 곳은 딱히 없었다. 현진은 쟁반을 좀 더 위쪽으로 올리고 허리를 앞 뒤로 비틀어가며 툭 튀어나온 의자의 끄트머리, 거기에 걸린 배낭과 핸드백, 에코백, 환절기 용 아우터들을 피해 가며 가장 안 쪽의 테이블까지 걸어갔다. 구석으로 몰린 원형테이블과 카페와 기차역을 구분하는 유리월 사이에는 현진의 엄마 혜숙이 끼인 것처럼 앉아있었다. 혜숙 옆에 있는 의자에는 온갖 짐들이 역시 끼인 듯 가득 찬 등산용 배낭이 올려져 있었다. 혜숙은 현진이 쟁반을 내려놓기가 무섭게 컵들을 내리고는 빈 머그잔에 가지고 있던 커피를 반잔 정도 붓고, 뜨거운 물로 반잔을 더 부었다. 그러고는 커피를 마시면 그제야 만족스럽다는 듯 말했다.

"요새 커피들은 와 이리 쓰노."

현진은 한 모금 밖에 안 마셨던 아이스 바닐라 라테를 들고 한 모금을 입에 넣었다. 그녀가 두 번이나 카운터에 갔다 오는 사이 얼음이 녹았는지 밍밍하게 느껴졌다. 하지만 좀 달게 느껴졌던 시럽이 회석되어서 기차역의 부산스러운 열기를 식히는 역할을 하기에는 충분하다는 생각이 들었다. 그녀가 음료를 두 모금 정도 마시고 내려놓았을 때 뒤에 앉아 있던 남자가 일어서며 패딩의 팔로 현진의 묶은 머리 뒤쪽을 살짝 건드렸다. 패딩이라 아프진 않았지만 괜히 담배냄새가 나는 것만 같고 기분이 나빴다. 현진은 고개를 돌려 노려봤지만 남자는 현진 쪽을 쳐다보지도 않은 채 굉장한 속도로 카페를 빠져나갔다. 곡예하듯 테이블까지 힘겹게 온 현진과 달리 남자는 불도저처럼 통로의 장애물들을 밀치며 나갔다. 현진이 느리게 재생해야 하는 건 내 모습이었을까? 저 남자일까?라고 생각하고 있을 때 뒤 쪽에서 엄마의 목소리가 들렸다.

"몇 시라고 했노?"

"아니 엄마 몇 번을 얘기해. 9시 55분 차라고 했잖아. 몇 번을 얘기해. 내가 카톡으로 캡처한 거 보낸 거 안 봤어?"

"그럼 우리도 그만 일어나자. 이러다 기차 놓치겠네."

"아직 15분이 넘게 남았는데?"

"기차가 좀 일찍 올 수도 있고 어여 올라가자."

"아니 요새 기차는 안 그런다니깐."

현진이 답을 마저하기도 전에 혜숙은 이미 가방을 메고 일어섰다. 현진은 한숨을 크게 쉬고 마지못해 일어섰다.

현진은 멀리서 다가오는 기차의 진동을 느낀 것 같다고 생각했지만 선로의 끝이 휘어져 있어 기차가 오는 모습을 볼 수는 없었다. 그걸 볼 수 있는 각도가 있다면 참 좋을 텐데라고 생각했다가 빈티지한 구석이라곤 전혀 없는 이 기차역은 어떻게 해도 멋진 촬영장소가 되지는 못할 거라고 생각했다. 그 와중에 혜숙은 플랫폼 위에서 배낭 속의 물건들을 잔뜩 꺼내놓고 있었다.

"엄마. 이틀만 머물 건데 뭐가 이렇게 많아?"

이미 집을 나서기 전에 한바탕 했지만 또 한 번 더 물었다. 16호 차라 계단을 올라와서도 한참을 걸어야 하자 혜숙이 불평을 했었다. "와이리 먼데로 했노?" 현진은 엄마가 갑자기 따라 올라간다고 해서 다시 예매하느라 그랬다고 응수했지만 혜숙이 가스나가 꼬박 꼬박 말대답한다고 하는 바람에 기가 죽었다. 서둘러 플랫폼으로 끌고 오더니 기차가 올 때가 돼서 짐을 다시 꺼내고 넣는 혜숙의 모습에 짜증이 잔뜩 났다.

기차가 들어오고 현진이 혜숙을 돌아보니 다행히 짐은 다 싼 상태였다. 열차에 올라서고 왼쪽 출입문을 열고 좌석 번호를 보니 14부터 시작하는 것이 뒷열부터였다. 현진과 혜숙의 자리는 12C, D였다. 그런데 두 칸 앞의 의자를 보니 누군가 앉아있었다. 현진은 크게 한숨을 몰아쉬고 당당하게 말해야지라고 결심했다. 볼륨을 높일 필요는 없어. 낮고 단호하게. 가방을 들고 의자 안쪽을 들여다보고 나서 현진의 결심은 조금 흔들렸다. 연세가 있는 노인 분일 것이라는 예상과 달리 자리에 앉아 있는 건 젊은 흑인 남성이었다. 몇 년 전에 크게 히트 친 호러 영화의 주인공과 닮았었다. 커다랗고 하얀 눈 두 개가 역시 둥글둥글한 갈색의 얼굴에 박혀있는 느낌이었다. 현진이 물끄러미 바라보자. 남자는 웃으면서 옆자리가 비어있다는 듯 웃으며 손짓을 했다. 현진은 다시 아랫배에 힘을 넣으면 입을 열었다.

"Excuse me."

"Yes."

현진은 영어로 남자에게 자리를 잘 못 찾은 것 같다고 말했다. 그러자 남자의 태도가 달라졌다. 뭔가를 말하는 데 영어가 모국어가 아닌지 입 안에서 우물거리는 듯한 발음이라 정확하게 들리지 않았다. "No. No. I bought a right ticket." 그때 뒤에서 혜숙이 말을 섞었다. "점마 뭐라카노? 남에 자리 앉아카서는"

다급해진 현진은 남자에게 다시 말했다.

"May I check your ticket, if you don't mind. Please?" 남자는 불평스런 표정을 짓지만 티켓이라는 단어를 알아들었는지 티켓을 꺼내 현진에게 보여줬다. 현진의 예상대로 티켓은 이 열차의 티켓이 맞았지만 좌석 번호가 없는 입석 티켓이었다.

"I'm sorry but this ticket is a standing room ticket."

남자는 기분 나쁘다는 듯 티켓을 현진의 손에서 낚아채며 말했다.

"No. No. I bought a right ticket." 현진은 남자가 자신을 완전히 오해했다는 것을 알았다.

"Ok. I'll ask to cabin crew." 남자는 문제없다는 듯 양손을 펼치고는 고개를 절레절레했다.

"점마 뭐하는교? 남에 자리 앉아카는" 혜숙의 목소리가 높아지자 다른 손님들이 뒤를 돌아보기 시작했다. 다급해진 현진은 앞칸에서 걸어오고 있는 남자 승무원을 발견하고는 재빨리 가서 상황을 전했다.

현진은 승무원이 흑인남자와 대화를 나누는 것을 몇 걸음 뒤에서 지켜봤는데 승무원이 설명을 해줘도 고개를 절레절레하던 남자는 승무원이 빈좌석으로 업그레이드할 수 있다고 말해주자 그제야 만족한 듯 일어서서 자리에서 일어섰다. 승무원과 남자가 앞 칸으로 사라지고 나서야 현진과 혜숙은 짐을 짐칸에 올리고 자리에 들어갔다.

"엄마 안 쪽에 앉아."

혜숙은 먼저 자리에 앉으려다 다시 나오며 말했다.

"싫다. 깜둥이 냄새나는 것 같다."

현진은 순간 자신이 핸드폰을 바닥에 떨어뜨렸다고 생각했지만 그녀의 핸드폰은 왼손에 들려 있었다.

"기껏 창가 자리 앉으라고 했더니." 현진은 구시렁거리며 안 쪽 자리로 들어가 앉았다. 사실 현진은 창가자리를 좋아했다. 엄마를 배려하는 마음에 양보했는데 그런 소릴 하자 괜히 더 짜증이 났다. 자리에 앉은 혜숙이 말했다.

"영어는 언제 그렇게 공부했노. 유학도 한번 안 간 아가"

"요샌. 영어는 기본적으로 해야. 취업도 하고 그러는 거야."

혜숙의 칭찬에 현진은 이제야 숨을 돌리며 미소를 지었다.

"그러게 영화학과 간다고 해서 취업이나 하겠나? 했더만 대기업에 취업하고. 우리 딸 장하다."

"아니 대기업 아니라니깐. 왜 자꾸 대기업이라고. 어디 가서 사람들한테 그러지 마."

"야구단도 있는 회산데 와 대기업이 아니고, 그 정도면 대기업이지. 회사 출근하면 멀끔한 머스마 있나 찾아봐라. 같은 신입 말고 좀 오래 다닌 사람으로. 좀 한 군데 오래 있고 그런 아랑 결혼해야지."

"아니 무슨 회사를 선보러 나가?"

그때 혜숙의 전화벨소리가 울렸다. 현진은 혜숙에서 나가서 받아야 한다고 말했지만 혜숙은 자리에서 통화를 했다. 현진은 민망해져 화장실 간다고 말하고 일어섰다. 복도로 나온 현진은 화장실에 가지 않고 핸드폰으로 전화를 걸었다. 전화기로 동우의 목소리가 들렸다.

"여보세요?"

"나 말야. 방금 무슨 일 있었는 줄 알아?" 현진의 얼굴에 비로소 미소가 번졌다.

"어 오늘 올라온다고 했었지?"

"응. 어디야? 어디 가는 길이야?"

"아. 나 오늘 교수님 작업실 방문하기로 했어. 후배들하고 가는 길인데 나중에 통화하면 안 될까?"

커트.

"아 그래. 그럼 나중에 통화해." 현진의 짐은 자리에 올려져 있었지만 양손에 배낭이라도 든 것처럼 자리로 돌아왔다.

현진이 자리로 돌아왔을 때까지도 혜숙은 통화 중이었다.

"가스나가 꼭 집이라고 위험해 보이는데만 얻어서 이번엔 내가 올라가서 같이 찾아줄라고."

현진은 혜숙에게 눈치를 주며 안쪽 자리로 들어가는데 혜숙은 통화를 도통 끊지 않았다.

"엄마는 왜 꼭 내가 살 집 하나도 스스로 못 찾는 애처럼 말해?" 혜숙이 전화를 끊자마자 현진이 따졌다.

"니는 꼭 집을 얻어도 그렇게 흉흉한 데만 얻어가지고는."

"난 내가 만들어갈 여지가 있는 곳이 좋아. 엄마가 말한 신축 같은 데는 비싸기만 하지 좁기만 하고 할 수 있는 게 없다고."

"그렇게 꼭 고쳐 써야 하는 집만 찾다가. 그래가지고는 니 남자도 고쳐 써야 할 남자 만난다."

"아니 이거랑 그거랑 무슨 상관인데?"

"니 만나는 남자 없나?"

"없다니깐. 참나."

현진은 고개를 창가로 돌려버렸다. 고쳐 써야 할 남자라는 혜숙의 말에 현진은 동우가 전화를 끊는 순간을 떠올렸다. 동우는 교수님을 영웅처럼 여긴다. 하지만 현진은 수업시간마다 소위 멋있는 말만 늘어놓는 교수님의 교수 방식에 공감하기 어려웠다. 그보다는 방학기간에 아르바이트를 했던 편집실에서 의미 있는 것을 배웠다고 생각했다.

"우리가 할 수 있는 건 결국 잘라내는 것뿐이야."

현진이 처음 편집을 잘하는 방법을 물어봤을 때 지박령이 그렇게 말했다. 이 말을 하면서도 지박령의 손은 계속해서 움직였다. 오른손으로는 붓질을 하듯 작은 호들을 반복적으로 그렸고, 왼손은 피아노를 연주하듯 키패드를 부드럽게 눌렀다. 의식하지 않고 분주히 움직이는 그의 동작은 어떨 때는 프로게이머가 게임을 하는 것 같기도 했고, 어떨 때는 책상 위에 작은 미니어처 연주단을 통솔하는 지휘자처럼 보이기도 했다.

"백지에 점찍어서 예술이라고 파는 건 소수의 천재들이나 하는 거지. 우리가 하는 건 그저 잘라내는 것뿐이야."

　이렇게 말하고는 입가 한쪽이 올라가려는 것을 힘을 주어 내리는 것을 보았다. 현진은 그래서 그가 이 말을 하는 것을 즐긴다는 것은 알았지만 그 말의 의미는 이해할 수 없었다. 지박령은 현진보다 열 살이 많았다. 그리고 딱 그만큼 지박령은 이 편집실에서 일했다. 현진이 처음 편집실에서 일을 시작했을 때는 숨이 막혔다. 방음을 위해 방진재와 방음재들을 덧대어놓아 두꺼워진 벽과 문이, 모니터를 강조하기 위해 낮춰 놓은 조도가, 가끔 시사회실에서 풍겨 나오는 담배 냄새들, 뿐만 아니라 다른 무엇보다 그녀를 숨 막히게 했던 건 학교에서 과제를 할 때와는 완연히 다른 속도였다. 학교에서는 준비기간 동안 창작의 고통이니 예술가의 고뇌니 하며 대화와 음주로 시간을 때우다가 제출 전날이 되어서야 컴퓨터실에 모여 겨우 편집을 하기 일쑤였는데 편집실에서는 촬영본을 받고 다음날까지 시안을 보내야 하는 경우가 태반이었다. 현진에게 처음 주어진 업무는 촬영본을 수월하게 편집이 가능한 상태로 컨버팅하고 거기에서 쓸만한 컷을 고르는 것이었다. 촬영장에서 조감독이 샷리스트에 오케이컷을 체크해 놓은 촬영 본도 있었지만 그 컷이 오히려 쓸만하지 않은 경우도 있었고 또 그런 체크리스트 자체가 없는 촬영본도 많았다. 30초나 60초의 영상 한편을 위해 다 똑같아 보이는 장면이 반복되는 총 러닝타임이 10시간에서 20시간이 넘기도 하는 영상클립들을 보고 있으면 현진은 숨이 턱 막혔다.

　"그러니간 일일이 모든 걸 봐가면서 진짜 괜찮은 걸 골라낼 수는 없어. 그냥 믿는 거지 내 무의식이 이미 다 봤다고, 그러니깐 농구

선수가 골을 넣는데 일일이 각도계산하고 공을 미는 힘을 계산해서 넣는 게 아니잖아. 그냥 느낌으로 넣는 거지. 마찬가지야. 내 느낌이 Del버튼을 누르라고 말해주면 그냥 누르는 거야. 여기에 무언가 있다고 말해주면 남겨두고. 눈에서 조금 힘을 빼고 바라보면 어느 컷을 써야 할지. 또 이 뒤에 어느 게 와야 할지 알 수 있어."

서늘함. 지박령이 좋은 컷을 고르는 법을 알려줄 때 현진은 서늘하게 단련된 예리함 같은 걸 느꼈다. 그런 예리함은 매일 진지하게 반복적이고 지루하지만 의미가 있는 일에 매진하지 않는 사람은 얻을 수 없는 예리함이었다. 두려움 없이 큰 획을 긋는 화가의 붓질이나 조각가의 칼질 같았다. 지박령의 손에 든 것은 칼이나 붓이 아니었지만, 그의 행위는 Del 버튼을 누르는 단순한 동작이었지만 거기엔 분명히 서늘함과 예리함이 깃들어 있었다. 심지어 어떨 때는 영상을 재생하지 않고 그저 포인터로 클립 위를 빠르게 훑은 다음 아무 데나 커서를 가져가대고 클립을 나누는 것처럼 보이기도 했는데 그렇게 해서 그가 골라 놓은 컷은 정말로 그중에서 가장 쓸만한 것들이었다.

그는 일명 망한 촬영본 살리기의 귀재였다. 밤샘 촬영에 감독이 졸았는지 조연출이 아무렇게나 오케이를 한 것처럼 NG컷만 있거나 오히려 너무 콘티대로만 찍다가 컷이 연결되지 않은 촬영본도 지박령은 오로지 순서를 바꾸고 컷의 길이를 조정해서 누구도 예상치 못한 방식으로 망한 촬영에서 납품 가능한 마스터본을 만들어내는 것으로 유명했다. 그래서 다른 편집실에 갔던 프로젝트가 이 편집실로 오는 경우도 많았다.

현진이 그곳에서 일을 시작한 지 약 2개월 정도가 지나서야 서서히 지박령이 말한 의미를 이해하게 되었고 그때부터 그에게서 일을 배우는 것이 좋아졌다. 가끔 설명을 해줄 때 그가 가까이 오는 게 부담스러울 때가 있긴 했지만 그는 편집실에서 일하는 남자들 중에 유일하게 담배를 피우지 않았고, 밤샘을 하면서도 땀냄새가 나는 법이 거의 없었다. 현진은 나중에 그가 장시간 작업을 할 일이 생기면 옷을 여러 개 챙겨 와서는 갈아입는다는 것을 알게 되었다. 운동을 많이 하는 타입은 아니었지만 의자에 앉았을 때 목이나 등이 굽는 경우가 거의 없었다. 그래서인지 남들보다 쉽게 지치지 않는 것 같았다.

이 날도 지박령과 현진은 망한 촬영본 살리기를 하고 있었다. 여자 모델이 계속해서 점프하며 새로운 장소로 이동하는 광고였는데 점프 동작이 하도 어설퍼서 도저히 콘티대로 연결이 되지 않는 상태였다. 쓸만한 컷은 없는데 데이터 양은 웬만한 프로젝트의 세 배는 되었다. 현진이 먼저 지쳐서 커피 한잔 마시겠다고 했더니 지박령이 대뜸 자신이 자주 가는 곳이 있다며 현진을 끌고 나갔다. 현진도 휴게실에 있는 머신의 텁텁한 맛에 질리던 참이어서 흔쾌히 따라나섰다. 새로 생겨나고 있는 팬시한 카페 중 하나로 가는 줄 알았지만 지박령이 데려간 곳은 중년의 남성이 홀로 운영하는 작은 곳이었는데 벽에는 온갖 종류의 그라인더에 깔때기나 실험실 도구 같이 생긴 커피 도구들, 또 사장님이 직접 산지에 갔을 때 촬영한 기념사진들로 벽이 도배되어 있는 그런 카페였다. 지박령은 에스프레소를 두 잔 주문하더니 사장님과 안부를 나누는 것이 정말로 자주 오는 듯했다. 처음 에스프레소를 한 모금 마시니 시큼한 맛이 올라오면서 정신이 바짝 들었다. 맛이란 것이 이렇게 쓰면서 또 동시에 좋을 수 있다는 것을 처음 느꼈다. 하지만 익숙지 않은 맛에 인상을 조금 썼고 그 모습을 본 사장님이 조용히 따뜻한 우유를 한 잔 가져다주었다. 거기에 조금씩 부어 마시니 현진이 마시기에 딱 좋은 맛이 되었다.

"그러니까 결국 잘라내는 것 밖에 할 수 없다는 얘긴 우리 같은 사람들이 무언가를 창작하는 일이 다 그렇다는 의미죠? 사진을 찍는 것도 세상에서 의미 있어 보이는 한 부분을 잘라내는 일이고, 그림을 그리는 것도 마찬가지고, 그런데 이렇게 미학이나 구도가 중요한 것들은 그렇지만 또 광고 같은 걸 편집하는 것도 그렇게 볼 수 있지만 영화는 그런 게 아니잖아요. 영화는 그저 잘라내는 거라고 보긴 어렵지 않아요?"

현진이 먼저 커피를 마시다가 말고 지박령이 했던 얘기를 언급했다. 그랬더니 지박령은 현진이 그걸 기억하고 있다는 게 기분이 좋아졌는지 미소를 감추지 않고서 말을 했다.

"그렇지 그런 의미였어. 그런데 난 가끔 영화도 마찬가진거 같아. 사람들이 살아가는 일에서 의미 있는 순간을 잘라내는 것뿐일 때가 있는 거 같아. 그저 노출을 잘 맞춘 기술적인 사진하고 예술적인 사진을 가르는 건 결국 프레이밍인 것처럼 영화도 그저 기술적으로 잘 촬영된 영화가 있는가 하면 삶의 어느 순간을 잘라내어 보여줘야 할지 정확하게 느끼고 만든 듯한 영화도 있는 거잖아."

현진은 처음에는 지박령의 말이 이해되지 않았지만 자신이 좋아하는 영화들을 떠올려보니 언뜻 그렇게 볼 수도 있겠다는 생각을 했다. 그래서 무심코 학교에서 강의하는 교수님의 영화를 언급했다. 그랬더니 지박령은 표정이 조금 어두워졌다.

"맞아. 그분의 영화는 그런 케이스로 볼 수는 없지. 추상적인 데다가 사건이 뚜렷하게 연결되는 것도 아니니깐. 그런데 난 그런 식의 창작법을 가지고 새로운 문법을 만들어내서 한 분야를 크게 진전시키는 천재라고 이야기한 게 아니야. 그것과 그건 조금 다른데……. 음 그러니깐 내가 말한 그 진짜 천재들이 하는 건 세상을 좀 단순하게 만든다고 해야 하나? 복잡한 걸 단순한 게 표현해 내는 그런 문법들이고, 그 교수님이 쓰는 문법은 복잡한 걸 괜히 더 복잡하게 모호하게 만들어."

지박령은 잔을 들어 남은 커피를 아쉽다는 듯 후루룩 마셔버리고는 말을 이었다.

"사람들은 어디에서든 의미를 찾으려는 본성 같은 게 있거든 그래서 그 우연한 조합들이 만들어낸 부산물 같은 것만 보고도 거기에 의미를 부여하려 해. 그렇게 예술성을 인정받고 나면 그런 사람들은 유독 그걸 권위화하는데 집중하는 것 같아."

현진은 그의 말에 대해 생각하느라 눈을 동그랗게 키우며 깜빡였는데 그것을 놀란 것으로 받아들였는지 지박령은 바로 움츠러들었다.

"미안. 내가 너무 함부로 얘기했지? 나도 모르게 그랬네."

그렇게 말하고는 평소의 소심한 모습으로 돌아가서 현진이 먼저 말을 열었다.

"저도 한참 어린 여배우나 밝히는 그 교수님 별로 안 좋아해요. 전 실장님한테 더 많은 걸 배운 것 같은 걸요."

현진이 그렇게 말하니 그 이후로 지박령은 신이 나서 자신에게 영감을 준 '영화편집의 마술'이라는 다큐멘터리와 책들 이야기를 하며 현진과 함께 장황한 편집 수업을 이어갔다.

"잘라내는 것만 잘해도 의미 있는 걸 만들어 낼 수 있어. 새로운 문법을 만들어 내지 못한다고 해서 아무런 가치가 없는 게 아니잖아?"

그날 현진이 편집한 장면이 포함된 마스터 본으로 최종 시사회가 끝났고, 그게 그 편집실에서의 마지막 프로젝트가 되었다. 현진이 게임 회사의 시네마틱 영상을 만드는 부서에 채용되었기 때문이다. 취업을 하게 된 것은 좋았지만 현진은 지박령, 그러니깐 진원과 더 이상 영화나 편집에 대해서 이야기를 나눌 수 없게 된 것이 아쉽게 느껴졌다. 그는 현진처럼 영화를 전공하지 않았지만 가끔 현진은 그가 동우가 선망하는 교수보다 영화가 무엇인지에 대해 더 잘 이해하고 있는 것 같다는 생각을 했다. 마치 집을 짓는 방식을 유명한 학교에서 배운 사람과 매일 오랜 기간 한 곳에서 묵묵히 나무를 깎아가며 스스로 익힌 사람의 차이 같았다. 당연히 진원은 후자였다.

현진이 편집실 생각에서 돌아와 혜숙을 보니 혜숙은 잠들어 있었다. 창 밖으로 시선을 돌린 현진은 계속해서 변화하는 창밖을 보며 스스로에게 물었다. '만약 이 하루가 망한 영화학과 학생의 졸업작품이라면 난 편집으로 살릴 수 있을까?' 창 밖으로 산등성이가 서너 개 스쳐간 후에 현진은 나지막이 혼자 중얼거렸다.

"이건 못 살려. 그냥 지워버려야지."

그때 창 밖으로 이질적인 작은 물체들이 스쳐 지나가며 현진의 눈을 어지럽혔다. 넓게 펼쳐진 새싹들이 올라오고 있는 들판 사이에 십자로 뻗어있는 길의 교차로를 중심으로 한 쪽에는 수많은 사람들과 카메라와 같은 장비들, 탑차와 전기 발전차 등이 좁은 길에 어린아이가 상자에 욱여넣은 장난감들처럼 모여 있었고, 반대편에는 나풀거리는 플레어스커트에 커다란 챙모자를 쓴 여자가 커다란 느티나무 밑에 서있고, 또 그 뒤로 200미터 떨어진 곳에서는 남자가 달려오고 있었다. 남자는 카메라의 정면을 향해 달려오고 있었으므로 그 속도감이 담기지는 않을 것이라는 것을 바로 알아챘다. 아마도 작은 점 같았던 남자가 여자의 바로 옆까지 달려와 같은 크기로 나란히 서는 것을 통테이크로 담으려나 보다 생각했다. 요즘 많이 쓰이는 기법은 아니었다. 순간 자신이 이 기차의 의자가 아닌 그 번잡한 현장 가운데 있었으면 했다. 자신들의 세계에 불시착한 거인을 일으켜 세우려는 자그마한 소인들이 된 듯 서로의 어깨가 필연적으로 부딪힐 수밖에 없는 좁은 곳에 모여들어 서로에게 소리를 지르고 이리저리 뛰어다니면 다 같이 대단한 무언가를 창조해내고 있다는 착각이 일었다. 그런데 그 착각이 자신이 잊고 있었던 무엇이라는 생각이 들었고, 아주 잠시 눈앞의 굴절률이 달라지는 듯했다. 그래서 눈에 잔뜩 힘을 주면 마치 초망원 렌즈처럼 되어 의자 뒤 쓰여있는 영화 제목이나 드라마 제목을 읽을 수 있을 것만 같았다.

하지만 실제로 그 모습이 스쳐지나간 것은 약 5초가량이었고, 현진이 알아챈 것은 그게 전부였다. 울산과 서울을 오가며 수 없이 몸을 실었던 기차였지만 그것의 속도를 몸으로 체감한 것은 이때가 처음이었다. 다시 돌아가 그 현장을 들여다보고 싶은 충동을 느꼈지만 그럴 수 없었다. 그리고 그럴 필요가 없었다.

'정말 빠르구나. 모든 게 정말 빠르게 스쳐지나가는구나. 그러니깐 살면서 의미 있는 순간들을 정확한 지점에서 제대로 잘라내기만 해도 그건 그대로 정말 대단한 일이야.'

객실에 곧 대전역에 도착한다는 알림을 울렸다. 이 부근이 현진이 가장 좋아하는 구간이었다. 서울에 다 가서는 터널의 연속이고, 경상도에는 지나치게 활엽수와 산이 많아. 현진은 대전 전후로 펼쳐지는 들판을 보는 것을 가장 좋아했다. 창 밖을 바라보는 눈에 힘을 조금 빼면 선명함이 줄어들면서 풍경은 흐릿하게 흘러가고 흐릿함 속에서 흐트러지는 색들 속에서 이전과는 다른 종류의 대비가 만들어졌다. 그러자 문득 열차의 창문 모양이 필름의 스프로켓 홀과 닮았다는 생각이 들었다. 그러다 문득 자신이 편집을 배울 때 언제가 한 번쯤은 진짜 필름 가위로 자르고 붙여보고 싶다는 충동을 느꼈던 것을 떠올렸다. 진원이 원래 영화 편집은 가내수공업처럼 여성들이 많이 했었다고 얘기해 준 뒤부터였다. 가위는 고급스러운 화훼가위처럼 크고 묵직한 것이었으면 좋겠고, 필름은 70mm가 넘는 대형 필름에 두께감도 있어서 가위질을 할 때 그것이 썰리는 느낌이, 젤라틴 층을 금속이 파고들어 가는 느낌을 확연하게 느낄 수 있었으면 좋겠다고 생각했다. 서늘하게 담금질된 예리함이 교차하며 무한히 이어질 듯 자신감 넘치는 이미지의 연속성을 차갑게 끊어내었으면 좋겠다고, 그런 감각을 계속 지켜내고 지겨워질 때까지 반복해 봤으면 좋겠다고. 그게 그녀가 진정으로 하고 싶은 것이라고 느꼈다. 커트.

나
비

박
세
나

"예쁘다."

새끼손가락을 감싸고 있던 봉지를 풀자, 빨갛게 물든 손톱이 나타났다. 이번엔 손톱 옆에 의료용 테이프를 붙이고 봉숭아 물을 들였더니 손톱만 예쁘게 물이 들고 손에는 물이 들지 않았다. 손을 뻗어 창문으로 들어오는 햇빛에 비치자, 손톱이 반짝반짝 빛났다. 5년 전 그때처럼.

내가 처음 양쪽 새끼손가락에 봉숭아 물을 들인 건 포레스트 브루어리에서 일하기 시작했을 때부터이다. 이렇게 예쁜 걸, 나는 20살에서야 처음 해보았다. 나의 부모님은 지금도 그렇지만 어릴 때도, 내 취향을 몰랐고, 내가 뭘 원하는지도 몰랐다. 나는 어릴 때부터 예쁘고 귀여운 것을 좋아해 귀여운 캐릭터가 그려진 옷이나 학용품을 원했지만 부모님은 밋밋한 그림의 학용품과 무채색 계통의 옷만 입혔다. 심지어 아버지는 어느 날 로봇이 그려진 색칠공부를 사 오셨고, 얼마나 속상했는지 심하게 울어 다음날 눈이 팅팅 부은 채로 유치원에 갔던 기억은 아직도 생생하다.

예쁘게 물든 손톱을 다시 한번 정리해주고 나는 도시락을 쌌다. 창밖을 보니 구름 한 점 없는 화창한 가을 아침이었다. 이런 날을 위해 며칠 전 고심 끝에 산 귀여운 캐릭터 모양의 샌드위치 틀을 꺼냈다. 봄나들이를 위해 여러 캐릭터 틀을 보고 비교하다 주문을 했더니 어느덧 가을이 되었다. 문득 아버지가 귀가 아프게 말하던 '결정은 항상 신중하게'라는 말이 아버지의 음성과 함께 어디선가 들려왔다.

냉장고에 있는 재료를 이용해 귀여운 곰돌이 모양과 토끼 모양의 샌드위치를 만들어 도시락통에 배열했다. 바닥에 상추를 깔아주니 풀밭에서 노는 귀여운 동물 샌드위치 도시락이 완성되었다. 왠지 오늘 하루의 시작이 좋다고 느껴졌다. 옷을 입고 봄에 샀던 노란색 체크 무늬 돗자리도 챙겨 나는 포레스트 브루어리로 향했다.

포레스트 브루어리. 이곳은 내가 이 도시로 상경했을 때부터 줄곧 일했던 곳이다.

5년 전 지방 중소도시에 살던 나는 그 도시에 있는 대학에 진학했다. 남들도 같겠지만 나는 대학에 진학하면 가장하고 싶은 일이 연애였다. 남자친구를 만들어 아름다운 캠퍼스에서의 낭만을 느끼고 싶었다. 특히 내가 다닌 대학은 벚꽃길이 유명한 곳이었고, 나는 항상 그 길을 남자친구와 팔짱을 끼고 걷는 상상을 하곤 했다.

하지만 한 학기 동안 나의 인연은 나타나지 않았다. 그리고 나는 도망치듯 학교를 휴학하고, 이곳 경기도 s시로 왔다.

커가면서 나를 이해하지 못하는 부모님과 싸우는 일은 많았다. 성인이 되어서까지 나를 이해하지 못하고 억압하고 통제하려는 부모님과는 더는 살고 싶지 않았다. 그리고 문제의 그 날, 나는 부모님과 크게 싸우고 무작정 짐을 싸서 집을 뛰쳐나왔다. 한 학기 동안 아르바이트로 모은 돈을 가지고.

내가 s시로 온 이유는 간단했다. 고등학교 때 알던 친구가 이곳의 대학을 다니고 있었기 때문이었다. 그 친구는 고등학생 때 잠깐 사귄 나의 첫사랑이었다. 집을 나와 터미널에서 어디로 가야 할지 몰라 몇 개 없는 핸드폰 연락처를 뒤졌을 때, 그 친구의 이름이 눈에 띄었다. 이 친구는 나를 받아줄지도 모른다는 막연한 생각을 하고, 나는 무작정 s시로 향하는 버스에 몸을 실었다.

어둠이 깊게 깔린 늦은 밤. 나는 s시 터미널에 도착했다. 짐을 갖고 내린 후, 주변의 사람들이 뿔뿔이 흩어져 가는 모습을 지켜보며, 나는 그 친구에게 연락을 할 것인가 말 것인가 고민에 빠졌다. 막상 친구에게 연락을 하자니, 두려워졌다. 친구에게 말을 하고 온 것이 아니었기 때문이었다. 당황하겠지? 사실 우리가 만난 시간은 정말 잠깐이었고, 안 좋게 헤어지고 나선 더 이상 연락을 하지 않은 사이였다. 그런 내가 연락을 해서 갑자기 신세를 져도 되겠냐고 하면 그 아인 얼마나 당황스러울까? 난 사람들이 빠져나간 대합실 의자에 앉아 그 친구의 연락처를 보며 한참을 망설였다. 그러나 도저히 통화버튼으로 손이 가지 않았다.

너무 늦은 시간이었다. 그래 내일 연락하자. 나는 시간으로 내 마음과 타협하고, 핸드폰을 주머니에 넣었다. 꽤 오랫동안 고민했는지 고개를 들었을 땐, 터미널 안에 사람이라곤 나뿐이었다. 나는 짐을 들고 터미널 밖으로 나왔다. 주변엔 화려한 조명의 모텔이 즐비했다. 낯선 곳에서 맞이한 알록달록 화려한 네온사인의 불빛은 나를 끌어당기기는커녕 두려움에 뒷걸음치게 만들었다.

그때 험상궂은 얼굴의 아저씨가 나를 툭 밀치며 옆을 지나갔다. 화난 듯한 얼굴로 고개를 돌려 나를 째려보는 아저씨를 보자, 계속 이렇게 길거리에 그냥 서 있으면 안 되겠다는 생각이 들었다. 나는 빠르고 정중하게 사과를 하고, 개중 가장 깨끗해 보이는 모텔을 찾아 들어갔다. 친구에게는 내일 연락을 해야겠다고 다짐하고는 말이다. 하지만 그날 이후 지금까지 나는 그 친구에게 연락을 하지 않았다. 아니 할 수 없었다. 처음엔 통화버튼으로 손이 가지 않아서였고, 나중엔 굳이 연락할 이유가 없었기 때문이었다.

첫날 모텔에서 나온 나는 대학가 근처의 고시원으로 들어갔다. 언제까지 모텔에 있을 수는 없었다. 고시원의 시설은 좋지 않았지만 내가 가진 돈으로는 어쩔 수 없는 선택이었다. 짐을 고시원에 두고 아르바이트를 구하러 다니기 시작했다. 아직 대학을 졸업하지 않은 내가 직업을 구하긴 힘들었기 때문이다.

대학가 주변이라고는 하나 상권이 크진 않았다. 아르바이트 구함이란 전단지가 붙어있는 곳을 무작정 들어가 보았지만 내가 원하는 풀타임 알바는 없었다. 구하다 안되면 여러 개의 아르바이트를 해야 할지도 모른다는 생각이 들었다. 그렇게 한참을 무작정 걷다

보니 어느 순간 조용한 주택가가 나왔다. 더 이상 길을 가도 계속 주택만 있을 것 같은 거리에 서서 나는 발길을 돌렸다. 상가 쪽으로 다시 돌아가야겠다는 생각이 들었기 때문이다.

그러나 그때, 내 눈을 사로잡는 집이 하나 눈에 들어왔다. 이 동네와는 왠지 어울리지 않는 모던하고 세련된 느낌의 주택이었다. 나는 무언가에 홀린 사람처럼 그곳으로 다가갔다. 어느덧 해가 뉘엿뉘엿 지고 있었는데, 내가 그 앞에 도착하자 마치 환영 인사라도 하는 듯 통창 속의 불빛이 켜졌다. 내부는 밝은 그레이 계통의 벽으로 차분한 느낌을 주면서, 우드톤의 가구가 배치되어있었다. 내추럴하면서 편안함이 동시에 느껴졌다.

'여긴 뭘 하는 곳이지?'

간판은 보이지 않았다. 그때, 안에서 검은 비니에 검은색 앞치마를 두른 남자가 나와 문고리에 'open'팻말을 걸었다. 앞에서 두리번거리던 내가 그의 눈에도 띄었는지 그가 나에게 먼저 말을 걸었다.

"브루어리에요. 간판이 잘 안 보이죠?"

남자는 말을 하며 손가락으로 문 바로 옆에 작은 글씨로 써 있는 'forest brewery'를 가르켰다. 내가 쭈뼛쭈뼛하자, 나이를 묻더니 들어오라고 했다.

"오픈한 지 별로 안되었어요. 저쪽 파란색으로 색칠된 창고로 보이는 곳은 저희 양조장이구요. 제가 직접 만들었습니다. 한번 시음해 보세요. 일반 맥주랑은 다를 거예요."

그가 내민 맥주를 나는 조심스럽게 들이켰다. 확실히 내가 그동안 마셔본 맥주와는 달랐다. 달콤하면서 쌉싸름한 맛, 상큼한 과일 맛이 동시에 느껴졌다. 맥주 한잔 마셨을 뿐인데, 이곳이 묘한 매력으로 다가왔다. 그런데 매장 안엔 아무도 없었다. 그와 나뿐이었다. 그쯤 되니 조금 걱정되기 시작했다. 인테리어도 비싼 듯한데, 오는 이가 없다니. 낯선 손님의 걱정과 다르게 그는 꽤 여유로워 보였다. 나에게 맥주의 맛을 물어보고 맥주에 어떤 것이 들어갔는지 설명해주며 미소를 보였다. 그 여유로움이 지금 내 처지와 달라서 그랬을까? 그가 꽤 멋져 보였다. 한참 맥주에 대해 설명하던 그는 그제야 나에게 이 근처 대학 학생이냐고 물었다. 나는 그건 아니고, 현재 휴학 중이고 아르바이트를 구하는 중이라고 했다. 그 말에 그는 지금은 익숙해진 손가락을 한번 까딱거리는 그만의 제스처를 취한 뒤, 예전에 어떤 아르바이트를 해봤는지 묻기 시작했다. 지금 브루어리에서 풀타임으로 일할 아르바이트생을 구하려던 참이라는 것이었다.

풀타임? 나도 원하던 바였다. 나는 예전엔 카페에서 알바를 해봤고, 휴학까지 했기 때문에 정말 열심히 일할 수 있다고 나를 어필하였다. 나의 간절한 어필이 통했던 것일까? 나는 그때부터 지금까지 이 브루어리에서 일하고 있다.

브루어리의 특성상 오픈 시간은 5시였지만 나는 다른 사람들보다 일찍 출근해 매장을 정리하곤 했다. 그리고 오늘같이 날씨가 좋은 날이면 책 한 권을 들고 브루어리 잔디밭에 앉아 책을 읽다 하루 일과를 시작하곤 했다. 이곳은 저녁엔 나의 일터였지만 낮엔 조용한 나의 아지트였다. 사장님도 일찍 출근하는 편이었지만 거의 양조장에 있었기 때문에 낮에 이곳은 오롯이 내 차지였다.

브루어리에 도착한 나는 곧장 매장 뒤에 넓게 펼쳐진 잔디로 향했다. 구석 창고에서 하얀 술이 달린 파라솔을 펼쳤다. 그리고 그 밑에 내가 가져온 노란 체크 무늬 돗자리를 펼쳤다. 신발을 벗고 돗자리에 누우니 하얀 파라솔 밑으로 파란 하늘이 보였다. 눈을 감자, 마치 bgm을 틀어놓은 듯 산새 소리가 귀를 간지럽혔다.

나는 다시 파란 하늘을 배경에 두고 손을 펼쳐보았다. 빨간색으로 물든 새끼손톱이 보였다. 그리고 어제 봉숭아 물을 들일 때 했던 다짐이 생각났다.

첫눈이 내릴 때까지 봉숭아 물이 손톱에 남아있으면 이곳을 떠나자.

어제의 다짐을 생각하며 손가락을 다시 펼치자, 손가락 사이로 따뜻한 햇볕이 쏟아져 내렸다. 나는 다시금 여유를 느낄 생각에 눈을 감고 돗자리에 누웠다. 그때, 갑자기 다리에 부드러운 느낌이 났다.

'나비?' 나는 고개를 들어 다리 쪽을 쳐다보았다.

나비였다. 나비가 어느덧 내 쪽으로 다가와 다리에 몸을 비비고 있었다. 길고양이 주제에 사람을 따르긴. 나비는 봄쯤 포레스트 브루어리에 나타난 길고양이었다. 나비와 처음 만난 그날도 나는 남들보다 일찍 출근해 나만의 시간을 갖기 위해 잔디로 나왔다. 그날 그 녀석은 나보다 먼저 와 내가 항상 파라솔을 펴던 그 자리에 와서 따뜻한 햇볕을 맞으며 낮잠을 자고 있었다. 나는 길고양이는 사납다고 들은 터라 고양이를 건들지 않기 위해 조금 떨어진 곳에 파라솔을 펼치고 돗자리를 펴고 누웠다. 알아서 가겠지. 나는 책을 읽으며 여유로움을 만끽했다. 따뜻해서였을까? 조금 뒤 깜빡 졸았는데, 갑자기 다리에 뭔가가 느껴졌다. 깜짝 놀라 깨니, 아까 명당자리에 누워서 자던 길고양이가 어느새 파라솔이 있는 그늘 진 내 옆에 누워 맘 편히 다시 자리를 잡고 있었다. 고양이를 좋아하는 편은 아닌지라 나는 화들짝 놀라 도망치듯 옆으로 달아났다. 그러나 이 녀석은 꼼짝도 하지 않고, 그대로 내 자리를 차지하고 눈을 감아버렸다. 그날 이후, 그 녀석은 이곳이 마음에 들었는지 매일같이 브루어리에 들어와 낮잠을 자고 갔다. 그리고 꼭 내 자리가 원래 자신의 자리였던 듯 내 옆에 자리를 잡았다.

"일찍 왔네? 나비도 왔고?"

사장님이었다. 사장님은 잔디밭을 지나 양조장으로 가면서 환하게 웃는 얼굴로 내게 인사를 했다. 햇살이 눈부시게 비쳐서 그런지 그의 미소가 어린아이마냥 해맑아 보였다. 나는 미소를 지으며 인사를 한 뒤, 내 다리를 부비고 있는 녀석을 째려보았다. 그러곤 떨어지라는 듯 다리를 벌려 나비를 밀어냈다. 이름을 불러주다니. 이 녀석 이름이 나비인 것도 짜증이 났다. 나비. 나비는 내 이름이었다. 그런데 사장님은 길고양이를 보자마자 나비라는 이름을 지어주었다. 고양이의 흔한 이름인 건 알았지만, 이건 내 이름인데. 물론 사장님은 몰랐다. 정확히 말하면 내가 바꿀 이름이었기 때문이다.

인내와 고통 끝에 비로소 나비가 되는 그 과정이 나와 닮았다고 생각해서 내가 심사숙고 끝에 바꿀 이름으로 정해 둔 건데, 사장님은 너무나도 쉽게 그 녀석에게 이 이름을 하사하였다. 나는 나비를 힐끔 한번 쳐다보고, 펼쳐놓은 파라솔을 다시 접어 창고에 넣었다. 나비는 햇빛이 갑자기 비추자 눈은 한번 찌푸렸다. 나는 그런 나비를 툭툭 쳐서 옆으로 가게 한 뒤, 돗자리를 접었다. 샌드위치는 그냥 매장 안 테이블에 앉아 혼자 먹어야겠다.

며칠 뒤, 나는 그냥 책 한 권을 들고 브루어리로 향했다. 비는 오지 않았지만 먹구름이 잔뜩 낀 아침이었다. 나는 먼저 건물의 구석진 틈으로 가 낡은 우산을 펼쳐놓았다. 그릇을 보니 어젯밤에 두고 간 밥이 그대로였다. 이따 오겠거니 생각하곤, 펼쳐놓은 낡은 우산이 보이는 야외 테이블에 앉아 책을 읽기 시작했다. 조금 뒤, 툭툭 굵은 빗방울이 떨어지기 시작했다. 파라솔이 펼쳐진 테이블이었지만 비의 굵기를 보니 곧 비가 쏟아질 것 같아 나는 건물 안으로 자리를 옮기기 위해 책을 들고 자리에서 일어섰다.

"일찍 왔네?"

고개를 들어보니, 사장님이었다. 우산을 쓴 그의 옆에 그의 여자친구가 그의 팔짱을 끼고 서 있었다. 빗소리가 점점 굵어지자, 둘은 하나의 우산을 펴서 서둘러 양조장으로 뛰어갔다. 상큼한 파란색으로 색칠된 양조장 담벼락 쪽으로 무채색 원피스를 입은 그녀가 뛰어가는 모습을 보니, 왠지 그곳과는 어울리지 않다는 생각이 들었다. 오히려 우중충한 오늘의 날씨와 그녀가 어울린다고 생각되었다.

비가 가을비답지 않게 쉴새 없이 내렸다. 나는 나비가 오늘은 오지 않나? 걱정을 하며 잔디밭 쪽을 하염없이 바라보았다. 비를 맞아 오늘따라 우중충한 회색빛이 짙게 드리운 파란 담벼락의 양조장도 눈에 들어왔다. 나도 모르게 멍하니 양조장을 바라보던 그때, 어디선가 고양이 울음소리가 들려왔다. 울음소리가 나는 곳을 따라간 나는 그 자리에 멈춰 비명을 질렀다. 나비의 턱이 으깨져 있었다. 누군가에게 공격을 당한 것 같았다. 나비는 움직이지 못하고 바들바들 떨기만 했다. 어떻게 이곳까지 왔는지는 모르겠으나 이곳으로 오자마자 그대로 쓰러진 듯 보였다. 가엾은 나비 앞에서 나는 다가가지 못하고 그대로 서 있었다. 으깨진 턱이, 그곳에서 흘러내리는 빨간 피가 나를 꽁꽁 묶어 놓았다. 그때, 나의 비명 소리를 듣고 사장님이 뛰어나왔고, 오늘 조금 일찍 나온 다른 직원도 달려나왔다.

나비는 하얀 천에 감싸져 사장님의 여자친구 품에 안겨 동물병원으로 향했다. 한참 후 사장님은 브루어리로 전화를 걸어 나비의 수술이 무사히 끝났다고 알렸다. 나와 브루어리의 동료들은 그제야 가슴을 쓸어내렸다. 나중에 들은 얘기로는 수술비가 엄청나게 많이 나왔고, 그 수술비는 동물을 사랑하는 그의 여자친구가 다 냈다고 들었다. 그녀가 동물을 사랑했었나? 하긴 가끔 예쁘다고 웃어주고 지나갔던 것 같다. 그래도 나비의 밥은 내가 다 주었는데. 하지만 며칠 전 엉덩이를 툭툭치며 나비가 깔고 앉았던 돗자리를 뺏어 접었던 기억이 났다. 또, 다친 나비에게 다가가지 못한 한심한 내 자신이 생각났다. 곧장 내가 나비를 예뻐하진 않았던 것 같다는 생각이 들었다. 그냥 밥만 주었을 뿐이다. 그냥 밥만.

어느 날 사장님의 여자친구는 내가 자주 앉아 책을 읽던 브루어리 구석의 테이블을 치웠다. 그리고 그곳에 고양이 집을 설치하고, 그 옆에 고양이 타워도 세웠다. 왠지 원래부터 나비의 집이 그곳이었던 마냥 집과 타워는 회색빛 벽과 잘 어울렸다. 그 후, 며칠이 더 지나고 나비는 실려 갔을 때와 마찬가지로 그녀의 품에 안겨 브루어리로 돌아왔다. 갈 때는 길고양이의 모습이었지만 올 땐 마치 집고양이 마냥 머리에 빨간색 리본 장식을 하고 나타났다. 나비는 수컷인데. 나는 나비의 모습이 무슨 선물 상자 같다고 생각했다. 누구의 손에서 누구의 손으로 넘겨지는 선물 상자. 상처는 남았지만 나비는 괜찮아 보였다. 나비는 그녀의 품에서 새로운 보금자리로 옮겨졌다. 아무래도 아직은 아픈 듯 나비는 눈을 한번 끔벅거리곤 우리를 등진 채 포근해 보이는 집 안으로 들어가 버렸다. 원래 인사를 했던 사이는 아니었지만 눈만 끔벅거린 나비의 행동에 뭔가 서운한 마음이 들었다. 아무래도 피곤한 모양이지. 나와 동료들은 나비가 쉬어야 할 것 같다며 각자의 일을 하였다.

다음 날, 나는 여느 때와 다름없이 일찍 브루어리에 도착했다. 밤새 나비가 새로운 곳에서 잘 지냈을까 걱정되는 마음에 도착하자마자 제일 먼저 나비의 보금자리로 갔다. 그런데 그곳에 나비는 없었다. 어제 나비의 머리에 둘러있었던 빨간색 리본이 잔디밭으로 나가는 문틈에 떨어져 있었다. 나는 혹시나 하는 마음에 예전에 나비의 밥을 두었던 담벼락 틈으로 가보았다. 그러나 그곳에도 나비는 보이지 않았다.

날이 점점 쌀쌀해져 갔다. 아직 다 나은 것도 아닌 나비가 혹시나 브루어리를 다시 찾을까 하면서 나는 담벼락 옆에 고양이 밥을 계속 두었다. 하지만 나비는 오지 않았다. 어디선가 냄새를 맡은 다른 길고양이들 뿐이었다.

그렇게 며칠이 더 흘러 어느덧 겨울이 되었다. 잠깐이지만 브루어리 한쪽을 차지했던 나비의 집과 타워는 이제 주인을 잃은 탓에 브루어리에서도 사라졌다. 내가 자주 앉아 책을 읽던 테이블을 다시 창고에서 꺼내 원래 자리로 옮기려 했지만 무슨 탓인지 그 새 곰팡이가 피어 버리게 되었다. 그리고 그 자리엔 새로 제작한 테이블이 차지하게 되었다. 잔디밭엔 난로가 설치되었다. 하지만 날씨가 추워진 탓에 건물 안 자리가 다 차지 않는 한 사람들은 잘 나가지 않았다. 자연스레 나도 잔디밭에 잘 나가지 않았다.

아침 날씨 예보를 들으니, 오늘 첫눈이 내릴 거란 소리가 들렸다. 나는 손을 펴서 새끼 손가락을 보았다. 아직 끄트머리에 봉숭아 물이 남아있었다. 새끼손톱은 다른 손톱과 다르게 길어져 있었다.

이제 떠날 때가 되었다. 사장님께는 미리 이번 달까지만 일할 것이라고 말해 두었다. 고시원의 짐도 정리해두었다. 그리고 태국행 티켓도 끊어두었다. 다시금 아버지의 음성으로 '결정은 항상 신중하게'라는 말이 들려왔다. 부모님을 떠날 땐 누구보다 충동적으로 행동했던 나인데, 부모님을 떠난 지금 아버지의 유산처럼 저 말은 아버지의 음성과 함께 남아있었다.

평소보다 조금 이른 아침, 나는 브루어리로 향했다. 이제 떠날 때가 돼서 그런가? 이곳이 꼭 고향 같다는 생각이 들었다. 천천히 브루어리를 한 바퀴 돌았다. 손에 스치는 담벼락의 느낌마저 너무 익숙해져 이곳을 떠나면 이 까슬까슬한 느낌마저 한동안 생각이 날 것 같았다. 그때, 내 귓가에 어딘지 익숙한 갸르릉 거리는 고양이 소리가 들렸다. 주위를 두리번거리다 고양이 밥이 있는 곳으로 달려갔다. 그곳에, 나비가 있었다. 나는 너무 반가워 인사를 했지만, 나비는 나를 한번 쓱 쳐다보더니 먹던 밥을 다시 먹기 시작했다. 하긴 이 시크한 모습이 내가 알던 나비의 모습이지. 나는 밥을 먹는 나비 앞에 쭈그려 앉았다. 그러다 아예 엉덩이를 바닥에 대고 앉아 한참을 그 녀석이 밥을 먹는 모습을 지켜보았다. 밥을 다 먹자, 나비는 내 품으로 와 비벼댔다. 나도 모르게 웃음이 났다. 내가 털을 쓰다듬어 주니, 녀석도 좋은지 다시 갸르릉 소리를 냈다.

나는 나비를 들어보았다. 다쳤던 턱이 보였다. 흉은 졌지만 지금까지 길고양이 생활을 한 것을 보면 잘 아문 모양이었다. 그런데 그때 내 눈에 또 다른 상처가 보였다. 나는 내 눈을 의심하였다.

"일찍 왔네?"

"사장님, 나비가 왔어요."

"나비?"

양조장으로 향하던 사장은 내가 안고 있는 나비에게 다가왔다. 그러곤 반가워하며 나비를 만지려 했다. 하지만 나비는 사장을 경계하듯 내 손을 빠져나와 담벼락을 타고 넘어갔다. 사장은 아쉬워했다.

"사장님, 나비 중성화 수술했나요?"

"중성화 수술? 응. 마취한 김에 중성화 수술을 해주는 것이 좋다고 하더라고. 데려올 때, 그 녀석 귀 못 봤어?"

그러고 보니, 처음 빨간 리본을 하고 브루어리로 돌아왔을 때, 한쪽 귀가 조금 이상하다 느꼈었다. 하지만 턱으로 쏠린 시선에 그 녀석이 중성화 수술을 했을 것이라곤 생각도 못 했다. 그렇게 쉽게 할 수 있는 결정인 것이었나? 마취한 김에라고? 나비의 의사는?

나는 선택의 시간에 언제나 머뭇거렸다. 누군가는 나를 신중하다 했다. 하지만 나의 선택은 항상 비난받았기 때문에 오래 걸릴 수밖에 없었다. 그런데 그들은 너무도 쉽게 결정해버렸다. 갑자기 속이 울렁거렸다. 나는 아침에 먹은 게 체한 것 같다며 화장실로 달려갔다. 그렇게 속을 게워내고 밖으로 나왔을 때, 누군가가 나를 불렀다.

"민석씨? 오늘도 일찍왔네요. 나비 왔었다면서요? 건강해요? 나도 그이와 같이 나왔으면 볼 수 있었을 텐데. 아쉽다. 그때, 나비 수술하고 같이 살 생각하며 신혼집 인테리어도 생각하고 그랬는데..., 근데 표정이 왜 그래요? 어디 아파요?"

나는 다시 한번 구역질이 나 다시 화장실로 달려갔다. 화장실에서 구토를 하자. 그날의 기억이 떠올랐다.

"너 이거 뭐야!"

아버지는 내가 쓴 편지를 들고 있었다. 나는 너무 놀라 울면서 아버지께 편지를 다시 달라고 소리를 질렀다. 하지만 아버지는 나의 멱살을 잡더니 편지 안의 내용이 무엇인지 설명하라고 다그쳤다. 이미 내 방은 난장판이 되어 있었다. 서랍 뒤쪽에 숨겨두었던 화장품과 악세서리는 모두 책상 밑에 떨어져 나뒹굴고 있었다. 며칠 전 여자친구에게 준다며 점원에게 소개받아 산 핑크 코랄 립스틱은 한 번도 쓰지 못한 채 뭉개진 채로 바닥을 뒹굴고 있었다. 아버지는 그 편지가 내가 쓴 것이 맞는지 다시금 확인하였다. 나는 고개를 끄덕이며 "네."라고 말했다. 그 말과 동시에 나는 벽으로 던져졌다. 쿵하고 벽에 머리가 부딪치자, 머리에서 피가 났다. 하지만 아버지는 발길질을 멈추지 않았다. 그리고 당장 남자친구를 데리고 오라고 다그쳤다. 나는 그럴 수 없었다. 하지만 당장 데리고 오지 않으면 학교에 찾아가 그놈을 잡아 죽일거라 협박했다. 나는 남자친구에게 전화로 사정을 이야기했다. 남자친구는 당장 우리 집으로 오겠다고 말했다. 아버지 앞에서 혼날 그 아이가 걱정되면서도 나를 위해 한걸음에 달려와 준다는 그 아이가 너무 고맙고 사랑스러웠다. 남자친구가 집에 도착했을 때, 아버지에게 친구는 절대로 때리지 않겠다는 다짐을 받아두고 문을 열어주었다. 문이 열리자 얼마나 급하게 달려왔는지 땀을 뻘뻘 흘리는 아이의 모습이 눈에 들어왔다. 나를 위해 얼마나 뛰었으면. 아버지에게 혼날 그 애가 안쓰럽고, 나를 위해 달려온 것에 감동을 받았는지 눈에서 눈물이 흘렀다. 그러나 잠시 후, 나의 마음은 참담함으로 갈기갈기 찢어졌다. 남자친구는 나는 쳐다보지도 않은 채, 아버지 앞으로 달려가 살려달라고 애원했다. 자신은 그저 호기심이었다고. 사실 좋아하는 아이는 따로 있다고. 나는 여자를 좋아한다고. 그러니 제발 학교엔

애기하지 말아 달라고 했다. 어제까지 나에게 사랑한다고 속삭였던 그 애는 아버지의 발길질보다 더 아프게, 날카로운 말로 나의 심장을 난도질했다. 갑자기 속이 울렁거렸다. 나는 먹는 것도 없는데 구토를 하기 시작했다. 입안에서 노란 위액이 나오고 피가 섞여 나올 때까지 구토를 했다. 그리고 기진맥진 지쳐 쓰러졌다.

어릴 적 기억 때문에 쓰러진 것일까? 구토 때문에 쓰러진 것일까? 나는 한참 동안 정신을 차리지 못하고 쓰러져있었다. 일어났을 땐 병원이었다. 다행히 큰 이상은 아니었으므로 곧장 퇴원할 수 있었다. 친절이 몸에 밴 사장님 내외는 나를 차로 고시원까지 데려다준다고 했지만 나는 그냥 걷고 싶다고 했다. 상쾌한 공기를 마시고 싶다고 말하곤 걷기 시작했다. 내가 완강히 거부해서 그런지 사장님은 걷다가 아프면 전화를 하라며 한동안 그 자리를 떠나지 못하고 걸어가는 나를 쳐다보았다. 그들은 정말 친절한 사람들이었다.

나는 사실 그 차를 탈 수 없었다. 사장님 내외에게서 나의 부모님을 보았다. 나의 부모님도 정말 친절한 사람들이었다. 누구에게나 다정하고 누구에게나 친절을 베푸는. 그래서 그들 옆에 서 있으면 나는 이상한 사람이 되었다. 친절한 그들은 내가 잘못했다고, 나에게 화를 내고, 나를 때렸다. 모두에게 친절한 그들은 나에게만은 잔인했다. 사람들은 착하고, 친절하고, 예의 바른 그들이 옳다고 말했다. 나는 그들에 비하면 그리 착하지도, 친절하지도, 예의 바르지도 않았다. 나는 항상 부정당했다. 나의 모습 조차도. 그래서 더 반항하고 싶었고, 뛰쳐나가고 싶었다.

한참을 걷다 보니 포레스트 브루어리가 보였다. 하지만 어쩐지 낯설게 느껴졌다. 이 동네와 다른 느낌이 좋아 끌렸던 이곳이 이제 나를 밀쳐내고 있었다. 아마 나비도 그래서 떠났던 것 아닐까?

그때 하얀 무엇인가가 눈앞에 날리기 시작했다. 나는 살며시 손을 들었다. 손톱 끝 빨갛게 자리잡은 봉숭아 물 위로 하얀 눈이 떨어지고 이내 눈물이 되어 떨어졌다. 이제는 정말 떠나야 될 때가 된 것 같았다.

이몽
異夢

서
은
숙

유진이 A를 만난 건 다니던 직장을 그만두고 전업주부로 아이를
키우던 그해 봄이었다. 그때는 아이가 유치원에 입학하고 조금씩
이웃들과 커피를 마시며 이런저런 수다의 미학을 알아가고 있을
무렵이었다. 아이 유치원 등원 때 우연히 새로 이사 온 A와 아이
들이 같은 유치원을 다닌다는 이유로 자연스럽게 차 한잔을 마시
자는 그녀의 제안에 아파트 뒷문 모퉁이에 있는 커피숍에서 차를
마시게 되었다. 그곳은 가끔 유진이 고적하니 생각에 잠기거나 책
을 읽는 삶의 안식처 같은 곳이었다. A는 남편과는 미국에서 만나
결혼하고 남편의 직장 이직으로 한국에 왔다고 했다. 차를 마신 지
1시간도 채 안 되어 그녀에 대한 많은 정보를 A의 말속에 알게 되
었다. 처음 만난 자리에서 자신을 너무 많이 보여주는 이를 경계하
면서 살아온 유진으로 써는 적잖이 A의 말과 행동에 당황하고 있
었다.

그녀와의 만남은 경쟁 속에서 하루하루를 버텨야 했던 전 직장

동료들과는 분명 색다른 느낌이었고, 유치원 엄마들의 만남과도 달랐다. 퇴직 후 시간의 여유와는 달리 삶의 느슨함에 빠져 있던 유진에게 A와 만남은 약간의 지루한 일상에 좋은 촉매제 같았다.

유치원 등원 때 유진은 그녀와 자주 마주치게 되었고 종종 커피를 마시거나 시간적 여유가 있을 때는 함께 쇼핑을 다니기도 했다. 생각과 의사 표현이 아주 분명한 A는 유진과 성향적으로 매우 달라, 평소의 유진이라면 경계부터 했을 사람임에도 불구하고 그녀에게 빠져들었다. 직장을 다닐 때 와는 달리 집에 있다는 이유로, 남편도 시댁도 유진에게 요구하는 일들이 점점 많아졌고, 집안의 잡다한 행사에 시어머니를 모시고 참석해야 하는 일들이 늘어만 갔다. 그럴 때마다, 유진에게 A는 조리 있는 명료한 말투로 자신의 생각을 직설적으로 말하곤 했다.

"유진 씨는 착한 사람, 아니면 착한 척을 하는 사람 어느 쪽이야. 나는 솔직한 사람이 좋더라. 그리고 너무 충직한 사람은 밍숭 밍숭해서 나는 별루야. 지금은 순종만이 답은 아니지. 매사 모든 일에 유진 씨는 남편이나 시댁에 자기 생각과 결정권은 없는 것 같아. 왜 시댁에 맹목적 충성하는 거야, 시댁이 돈이 많아. 돈이 많아도 그렇지, 자기 마음을 솔직하게 표현하는 것은 중요해. 부당한 일에는 No도 할 수 있어야 한다고 생각해. 착한 여자 콤플렉스에서 벗어 나봐. 자기를 보면 좀 답답해. 내 말 무슨 말인지 이해하지."

A는 매사 소극적이며 남편과 시댁 일에 늘 쩔쩔매는 유진을 이해하지 못했다. 내성적인 성격의 유진으로 써는 A의 이런 지적이 기분 나쁘기보다는 자신의 불분명한 태도를 또박또박 집어주며 조

언하는 그녀가 좋았다. 자신은 할 수 없는 말들이기에. 지방 소도시 출신인 유진은 유교적 성향이 강한 부모님으로부터 받은 교육이 성장 과정에 많은 영향을 끼쳤다고 생각했다. 유진의 엄마는 전화할 때마다 시부모님들께 잘해야 한다는 말씀을 전화 끝머리에 주문처럼 말씀하시곤 하셨다. 소위 요즈음 말하는 가스라이팅 처럼...

중매로 만난 남편과의 결혼생활에서 느끼는 단조로움, 늘 직장생활에 찌들어 하루하루를 바쁘게만 살아가는 남편과 매사 그녀에게 많은 것을 요구하는 시댁 식구들로 인해 유진은 가슴 한편이 늘 답답했다.

남편과의 대화는 아이들, 시댁의 이야기로 제한되어 있었으며, 피곤을 핑계로 잠자리도 원만하게 이루어지지 않을 때도 많았다. 그런 유진의 평범한 일상에 A와의 만남은 새롭고, 늘 한결같은 일상의 형식을 깨뜨리는 것이었다. 다른 유치원 엄마들과의 틀에 박인 대화와는 질적으로 결이 다른 느낌이었고, A와의 만남 자체가 유진의 삶에 역동적인 에너지가 되고 있었다.

남편과의 은밀한 잠자리 이야기도 그녀의 입에서 나오면 야하다는 생각보다는 신비롭다고 느끼게 만드는 그녀가 유진은 신기하고 낯설었다. 스펀지에 물이 빨려 들어가듯 유진은 그녀에게 스며 들어갔다.

A는 세련된 말솜씨, 유창한 영어 실력, 박학다식한 지식, 특히 문학적 소양은 너무나 뛰어나 그녀가 작가와 작품에 대해 이야기할 때면 멋진 강의를 듣고 있는 듯한 느낌이 들었다. 특히 그녀가

미국 현대 작가인 필립 로스(Philip Milton Roth_1933~2018)의 작품들과 작가가 소설 속 인물관계 형성과 사건들을 유추하는 방식과 문제를 해결해 나가는 방법을 설명하며 작품비평을 늘어놓을 때면, 유진은 이해하지도 못 한채 누구인지도 모르는 미국 작가로 인해 때론 자신을 A와 비교해 볼 때 상대적으로 초라한 느낌을 받을 때도 있었다. 그래서 그녀와 대화 후 집에 오면 인터넷으로 그녀가 이야기한 작가들의 작품집을 주문하여 읽어보기도 하고 인터넷으로 검색하여 현대 미국 문학의 흐름을 알아보기도 했다.

가끔 그들은 아이들이 유치원 등원 후 야외로 드라이브를 가기도 하고, 유진의 남편이 해외 출장으로 집을 비울 때면 늦은 밤 집 근처 카페에서 와인을 마시며 이야기를 하기도 했다.

유진은 A와의 대화가 자신의 부족함을 채우고 지적으로 성숙해져 간다고 느낄 때마다, 시댁 스트레스와 복직에 대한 부담에서 벗어나 살아있다는 희열을 느끼곤 했다. A와 늦은 밤 통화는 유진을 20대 대학 시절 인문학 서클 친구들이랑 밤새우며 문학, 철학 및 경제 서적을 읽고 토론하던, 그 시절로 소환된 기분을 느끼게 했다. 유진은 늦은 밤 장시간 A와의 통화를 할 때면 남편의 불만과 핀잔 섞인 말에도 불구하고 아무 조건 없이 순수하게 그녀에게 몰두하고 있는 자신을 보면 스스로 신기해했다. 당당하고 솔직한, 지적인 A가 그냥 좋았다. 매일 유진은 그녀와 만나고 시시콜콜한 일상의 일에도 전화로 공유했다. 가끔은 그녀와 연락이 안 되는 일들이 생겨나기도 했으나, 금방 다시 연락이 되었고, A는 지적인 화법과 수려한 언어들로 유진의 궁금증을 아무것도 아닌 것으로 만들었다.

여행을 가서 전화가 안 되었다느니, 혹은 몸이 안 좋아 전화 통화가 힘들어 전화를 꺼놓았다는 이야기는 너무 뻔하게 느껴지는 말임에도 그녀가 하는 말들은 이유가 되고 의미가 부여되었다.

가정주부나 생활 반경이 정해진 사람들에게 연락 두절이나, 전화기가 꺼져 있는 상황들이 자주 일어나는 일이 아니어서, 유진에게 그녀의 전화가 꺼져 있을 때는 궁금함과 걱정으로 직결되었다. 일단 연락이 되면, 유진은 A의 부재의 상황이 아무렇지 않게 그녀의 언어로 이해하려 했고 통화가 연결되었다는 사실에 안심이 되었다. 그맘때쯤, A는 가끔 유진에게 급하게 소소한 돈을 빌려 가기도 하고, 하루 이틀 지나면 돈을 갚기도 했다. 유진에게 그녀는 약속을 지키는 사람이었고 셈이 분명한 사람이었다. 그러던 어느 날 정말 거짓말처럼 A와의 연락이 두절 되었다. 전화를 하면

"고객의 요청으로 착신이 불가합니다"라는 멘트를 처음으로 들었을 때 유진은 A에게 무슨 일이 생겼다고 생각했고, 연락이 안 되는 그녀의 상황이 걱정되었다. 한 주일 동안 그녀와 연락이 안 되었을 때 유진은 그녀의 집으로 찾아가 벨을 눌러도 보았다.

아무런 기척이 없었다. 심지어 이웃에 물어보아도 A와 연락을 자주 하거나 가까이 지낸 이들이 별루 없다는 사실에 유진은 놀랐다. 부동산에 물어보아도 집을 내놓았다거나, 이사를 갔다는 말도 들리지 않았다. 유진은 A의 아이가 유치원에 등원하고 있지 않다는 유진의 아이의 말에 걱정을 넘어, 이 상황이 공포스러웠다.

A는 예전과 같이, 잠시 연락이 두절 되었다가, 며칠이 지나면 다

시 유진에게 전화하여, 별일 없다는 듯이 그녀의 부재에 대한 변명 내지는 연락을 할 수 없었던 상황을 설명해 줄 것이고 믿고 있었다. 그녀가 전화하면 그들이 평소 지내왔던 일상으로 돌아가리라 기대하며 유진은 속절없이 A의 전화를 기다리고 있었다.

일주일이 지나고 아이를 유치원 차량에 태우기 위해 아파트 정문 입구에 나갔다. A의 아이가 낯선 아주머니와 손을 잡고 나와 있어서, 유진은 너무 반가워 아이에게 다가가 A의 안부를 물었다. 아이는 고개만 푹 숙인 채 말없이 같이 나온 아주머니의 손을 잡고 아주머니 치마 뒤로 숨었다. 평소의 A의 아이는 인사성도 밝아 유진을 보면 밝게 웃으며 인사를 하곤 했는데, 아주머니 뒤로 숨는 행동을 보고 유진은 몹시 의아해했다.

차량이 떠난 후 아주머니에게 A의 집 상황을 물어보았다. 아주머니는 일을 봐주러 온 사람이며 아무것도 모른다며 서둘러 자리를 떠났다. 어느 날 갑자기 일어난 그녀의 부재, 낯선 아주머니 손을 잡고 나타난 A의 아이로 인해 유진은 현재 상황이 혼란스러웠다. 분명 그녀에게 무슨 일이 생겼을 거라는 생각에 걱정이 더 앞섰다.

그럭저럭 몇 주가 흘러가고 가을 정기 유치원 재롱잔치 발표회가 있었다.

행사 후, 유치원 엄마들과 차를 마시며, 이런저런 이야기 끝에 엄마들 사이에서 자연스럽게 A의 이야기가 나왔다. 엄마들의 이야기 속에 등장한 그녀는 미국에서 유학한 것이 아니며, 남편의 직업뿐만 아니라 그녀가 말한 모든 말들과 상황이 거짓말이라는 말에 유진은 몹시 황당했다.

오히려 A의 현재 모든 상황이 드라마의 한 장면처럼 느껴졌다. 모임에 나오는 유치원 엄마 중 몇몇은 A와 상당한 돈을 거래했으며, 결국에 돈을 못 받은 그들이 A의 남편을 찾아가서 해결해 줄 것을 요구하기도 했다고 했다. A의 남편은 자기도 모르는 상황이라며, 오히려 화를 내며 자신도 피해자라고 큰 소리 치기도 했다는 말들로 시끄러웠다. 평소에 A와 교류가 별로 없었던 수민 엄마가 그녀의 남자 이야기도 했다. A가 남편이 아닌 다른 남자가 있었으며 아마도 그 남자와 도망을 갔을지도 모른다고 말을 할 때, 유진은 수민 엄마가 거짓말을 한다고 생각했다. 그냥 근거 없이 그녀를 욕하고 수군거리는 사람들이 싫었다.

A가 사라지기 전 아주 급하게 상당한 돈을 빌려 갔다고 지원 엄마가 낙담하는 모습을 보니 정말 그녀에게 무슨 일이 일어난 것이 분명하다는 생각이 들었다. 그녀가 사라지기 전날까지 유진은 그녀와 차를 마시며 이야기를 나누었으나 한 번도 엄마들 사이에서 떠도는 이상한 이야기처럼 자신에게 그런 행동한 적이 없던 그녀였기에 지금 상황이 미치게 이해가 되지 않았다. 오히려 수민 엄마가 유진을 쳐다보며 A와의 친분을 다그쳐 물었을 때, 그녀에 대해 유진이 아는 사실과 그들이 아는 상황의 괴리가 너무 커 큰 혼란을 느끼고 있었다. 오히려 유진은 자신이 몰랐던 그녀의 또 다른 모습에 실망하고 자신의 상처를 어루만지기도 힘들어했다. A를 처음 만난 당시 유진은 회사 퇴사 후 시간적 여유가 마냥 좋기도 했지만, 점점 사회에서 도태되고 경력단절이 길어지는 불안뿐만 아니

라 앞으로 새로운 직장을 구하지 못할지도 모른다는 막연한 초조
함에 자신감이 많이 결여 되어 있는 시기이기도 했다. 이웃 여자들
과 어울려 별 시시한 이야기로 뇌가 평범해져 가고 있다는 사실과
대가 없는 가사노동과 아이를 돌보는 일에 지쳐가고 있을 시기에
A를 만나, 나누는 대화는 가뭄에 단비를 만난 듯 행복하고 즐거웠
었다. 아니 즐거움 그 자체 이상이었다. 행복했었다.

소문들과 욕망이 뒤엉킨 그녀에 대한 수 많은 괴소문만을 남긴
채 A는 사라졌다. 거짓말처럼 사라졌다. 그동안 나누었던 이야기
들, 유진이 믿고 말했던 유진의 속마음까지, 그 아름답던 말과 신
비로웠던 언어의 유희, 함께 마셨던 커피와 와인들, 모두가 갑자기
바람과 함께 모조리 유진 곁에서 사라지고 없어져 버렸다. A의 실
종보다 그녀의 마음 깊은 곳에 심어지고 뿌리 깊게 박힌 그녀의
존재가 완전히 사라졌음에 유진은 어찌할 바를 몰라 하고 있었다.
무엇이 진짜이고 거짓인지 그녀를 만나 물어보고 싶었다. A가 이
모든 이야기가 거짓이라고 유진에게 전화해서 자신을 믿어 달라고
말해 주길 마음속으로 기도하고 있었다. 그렇게 많은 이야기를 나
누고 서로 공감했다고 생각했는데 A의 사생활에 대해 아는 것이
별로 없다는 사실이 유진을 더 많이 힘들게 했다. 그녀의 친정에
대해서도 형제자매에 대한 정보도 진짜 아무것도 모르고 있었다.
도대체 무슨 대화를 그렇게 많이 나누었나, 순간 유진은 머릿속이
하해 지는 것을 느꼈다. 그녀만 사라졌을 뿐 그녀의 남편과 아이는
여전히 유진과 같은 아파트 옆 동에 살고 있고 그녀의 아이는 유
치원을 다니고, 가끔 A의 남편이 술에 취해 비틀거리며 집에 들어

가는 모습을 보곤 했다. 유진은 그녀 남편을 만나 묻고 싶었다. 어떻게 된 상황인지, 그녀는 어디에 있는지? 어디 가면 그녀를 만날 수 있는지?

늦은 시간 술에 비틀거리는 A의 남편 앞에서 무슨 말을 할 수 있단 말인가. 자신이 무슨 자격으로 그녀에 소식을, 엄마들의 말도 안 되는 소문의 상황을 말해 달라고 할 수 있단 말인가.

단지 그녀와 유진은 아이가 같은 유치원에 다니는 학부모 사이일 뿐, 유진은 한동안 소중한 무언가를 잃어버린 것처럼 침울하고 힘들어했다. 유진의 일상이 완전히 무너져 내린 것은 아니지만, 휴대폰을 옆에 끼고 행여나 그녀에게 전화가 올지도 모른다는 생각에 무조건 기다리고 있는 자신이 한심하기까지 했다.

벨 소리만 들어도 혹시 그녀가 아닌지 하는 마음에 늘 마음이 긴장 상태였다. 아이의 유치원 등원 후, 엄마들과의 커피 타임은 의미 없는 대화로 이어져 갔고 한동안은 A의 이야기로 시끄러웠다. 누가 돈을 얼마나 빌려주고 돈을 못 받아서 그녀의 남편과 언성을 높여 싸움을 했다느니, 공항 근처에서 그녀 비슷한 여자가 남자랑 걸어가는 것을 보았다느니, 별별 말장난 같은 말들이 오고 갔다.

유진은 A가 오직 그녀와 늦은 밤 전화 통화를 하며 많은 이야기를 했다고 생각했다. 그러나 지원 엄마, 수민 엄마도 그녀와 많은 이야기를 나누었으며 유진이 모르는 사실들을 그녀들이 더 많이 알고 있다는 것을 알게 되었다. 이야기 주제가 조금씩 다를 뿐 친밀했다는 사실을 알게 되었을 땐 묘한 배신감마저 들어 마음에 구멍이 숭숭 난 것처럼 바람이 불었다. A가 사라진 이후로 유진은 혼자 말하는 버릇이 생겼다. "왜 나는 그녀에게 특별한 존재라고 생각했을까? 왜 다른 사람과의 관계보다 A가 나를 더 특별하게 생각한다고 생각했을까? 그녀에게 나는 정말 유일하게 마음을 나누는 사람이었을까?" 유진은 혼란스럽고 괴로웠다. 한동안 그녀는 사랑하는 남자 친구와 헤어진 것처럼 힘들고 괴로워했다. 말도 안 되게, 바보스럽게.

남편에게 A의 사건을 지나가는 이야기처럼 했을 때 남편은 그녀와의 금전 관계를 물었다. 갑자기 유진은 미친 듯이 화를 내며 남편에게 소리를 질렀다. 그녀의 남편은 유진의 행동을 이해하지 못했다. 돈을 떼인 것도 아닌데 무슨 상관이냐며, 너 좀 웃긴다는 식으로 말하는 남편이 유진은 몹시 미웠다. 그리고 그런 미친 여자와 안 얽힌 것에 감사하라고 말하는 그의 입을 주먹으로 틀어막고 싶기까지 했다. 그는 유진의 마음속 텅 빈 구석을 알지 못했다. 알고 싶어 하지도 이해하고 싶어 하지도 않는듯했다. 오히려 A가 더 많이 유진을 이해하고 공감하고 인정해 주지 않았을까? 유진은 그 순간 눈물이 왈칵 흘러내릴 것 같았다. 차라리 돈을 빌려주어 못 받는 상황이었으면 더 좋을 뻔했다고 고래고래 남편을 향해 소리쳤다. 오히려 유진의 남편은 그녀를 이상하다는 듯 쳐다보다 담배를 피우려 밖을 나갔다.

돈을 빌려주고 못 받았다면 그녀를 좀 더 쉽게 자신의 마음에서 지울 수 있었을까. 유진은 그녀를 생각하면 마음이 자주 먹먹해졌고 자신의 이런 감정이 혼란스럽기만 했다. 지원 엄마는 모임에서

A를 신랄하게 비난하며 본인에게 끼친 금전적 손해 때문인지 말이 안 되는 이야기를 만들어 내면서까지 이 자리에 있지 않은 그녀를 맹공격했다.

유진은 그런 말들이 듣기가 몹시 싫었다. 유진은 A에게 분명 말 못 할 사정이 있으며, 사람들이 이야기하는 모든 말들은 거짓이라고 마음속으로 수백 번을 되뇌며 말했다. 그렇게 자신을 달래보아도 허탈하고 공허했다. 시간이 흐르고 A의 이야기도 사람들에게서 점차 시들해져 갔다. 가끔 그녀가 그리웠다. 지금이라도 그녀에게 전화가 오면 설사 거짓을 말해도 그녀를 이해하고 믿어 줄 수 있다고 유진은 생각했다.

*

사람은 현실과 드라마를 때때로 구분 못 할 때가 있다. 아니 드라마보다 현실이 더 날 것처럼 생생하고 치열하게, 시리게 아플 때가 있다. 수많은 이야기 속에 주인공들이 나타나고 사라지고, 그리고 머리 터지게 싸우기도 하고 너무나 아름다운 이야기로 포장되어 사람들의 입으로 전달되어 아줌마들의 지루하고 평범한 일상에 활력소가 되기도 한다. 그래서 오히려 너무 뻔한 막장 드라마보다 현실이 더 치열하고 막장일 때가 더 많다. 그래서 삶이 더 무섭다.

거짓말처럼 A가 유진에게 전화를 걸어왔다. 모르는 번호로. 비 오는 날 유진은 아파트 뒷문 후미진 한적한 커피숍에 앉아 멍하니 커피를 마시는 걸 좋아했다. 멍을 때리며 생각 없이 커피 향에 취해 있으면 자신의 고단함을 잊기도 하고, 창밖으로 지나가는 사람들을 바라보며 커피를 마실 때, 그 순간을 즐기곤 했다. 커피숍 사장의 음악적 취향도 대학 시절 즐겨듣던 음악들이 주를 이루고 있어 유진은 그곳에서 생의 고단함에 위로를 찾곤 했다. 특히 비가 오는 날이면 "박효신의 추억은 사랑을 닮아"라는 노래를 커피숍에서 틀어놓을 때가 종종 있었다. 창밖의 비와 함께 스피커에서 흘러나오는 이 노래는 박효신이라는 가수의 음색과 가사 때문에 듣고 있으면 마음이 먹먹해질 때가 종종 있었다.

장시간 한자리에 묵묵히 있을 때면 유진은 혼자서도 꼭 커피를 두서너 잔 더 주문하여 오랫동안 자리를 차지하고 있음에 대한 미안함을 상쇄하곤 했다.

A에게서 전화가 온 날 도 날도 비가 와서 아이를 등원시키고 집으로 바로 가지 않고 아파트 뒷문으로 나와 커피숍에서 커피숍 사장이 막 원두를 볶아 추출한 커피를 한 모금을 마시고 있을 때였다.

"유진 씨."

익숙한 목소리에 유진은 마시던 커피를 입에 머금고 삼키지도 못한 채 심장이 쿵쿵거리는 소리를 들었다. 너무 당황하여 유진의 목소리가 떨리고 있었다.

"누구세요, 서진 엄마!!"

A는 항상 이름에 씨 자를 붙여 유진 씨라 불렀고 유진은 그녀를 서진 엄마라 불렀다. 왜 서로를 그렇게 불렀는지, 왜 서로의 호

칭을 똑같이 이름에 씨 자를 붙이거나, 누구 엄마라 같이 그렇게 부르지 않았을까, 그 순간 지금까지 생각지도 못한 서로의 호칭에 대해 엉뚱하게 머릿속이 약간 혼란스러웠다. 그냥 미국에서 살았던 적이 있는 그녀만의 스타일이라 그런가 하는 생각만 했을 뿐, 한 번도 서로가 이 문제에 대해 의문을 제기한 적이 없었다는 생각이 그 순간 유진의 머릿속에서 맴돌았다. 그냥 그녀가 유진을 부르는 방식대로 따랐을 뿐 다른 생각을 해 본 적이 없었다. 유진도 한국 엄마들이 학부모 모임에서 흔히 서로를 부를 때 아이 이름에 엄마를 붙여 누구 엄마처럼 A의 아이 이름에 엄마를 붙여 서진 엄마라 불렀다. 서로 부르는 방법이 달랐어도, 그들은 서로의 호칭에 별 불만은 없었다. 그래서 지금 이순간 서로의 호칭에 대한 혼란이 새삼스럽다고 유진은 생각했다.

휴대폰 너머로 아무런 말이 없었다. 정적이 흐를 뿐. 유진은 용기를 내면서 A에게 말을 건넸다.

"서진 엄마? 맞아요?" 유진의 목소리가 떨리고 있었다. "유진 씨, 잘 있었어요?"

예전에 내가 알던 A의 목소리가 휴대폰 너머로 모습을 드러냈다. 반가웠으나 한편으로 유진은 두려웠다. 그 순간 그녀에 대한 많은 소문들이 스쳐 지나갔고, 그녀로 인해 한동안 힘들었던 자신이 떠올랐다. 차분한 목소리로 한동안 한국을 떠나 미국에 있는 친정에 다녀왔다고 했다.

A의 말이 유진은 믿어 지지가 않았다. 의심하고 있는 걸까 내가 그녀를, 그녀의 말을... 머릿속으로는 궁금한 것이 너무 많았으나,

유진은 자신의 목소리가 조금씩 떨리고 있는 것을 느꼈다. A가 유진에게 반말을 하지 않아서일까? 조금 낯설었다. 그래도 너무나 그리웠던, 기다렸던 그녀였는데... 할 말이 너무 많았는데..

"그랬구나, 서진 엄마는 좋은 시간을 보내고 왔구나. 나, 자기 전화 많이 기다렸어요. 이 번호는 뭐예요. 우리 한번 꼭 만나요."

유진은 아까와는 달리 목소리가 차분해지고 있는 것을 느꼈다. 유진과는 달리 A는 명쾌하게 아무 일도 없었다는 듯이, 어제 만났던 사람처럼 옛날의 A로 돌아와 있었다. 오히려 유진은 A의 전화를 받은 후 며칠 동안은 더욱더 혼란에 빠져 버렸다. 사실은 바로 그녀를 만나고 싶었고 만났어야 한다고 생각했다. 어떤 상황인지 무엇이 진실인지 물어야 했다. 그런데 유진도 A도 전화 한 통을 끝으로 연락하지 않았다. 몇 번을 휴대폰 키패드를 누르다 그만두고 다시 누르고... 만난 지 시간이 얼마 안 되는 남자에게 처음으로 전화하는 사람처럼 걸어야 할지 말아야 할지 망설이고 있었다. 오히려 전화를 걸어온 사람은 A와 꽤 많은 돈을 거래한 지원 엄마였다. 모임에서 만나면 소소한 이야기는 해도 크게 감정을 나누거나 전화로 수다를 나누지 않는 사이여서 지원엄마의 전화에 유진은 당황스럽기까지 했다.

처음 시작은 유치원 엄마들의 다음 달 모임 시간과 장소에 관한 의견을 묻는 것이었으나 뒤로 갈수록 대화의 주 내용은 A에 관한 것이 대부분이었다. 특별히 유진이 모임의 큰 결정권자가 아님에도 불구하고, 카톡으로 해도 되는 이야기에 굳이 전화를 걸어 유진의 마음을 힘들게 하는 지원 엄마의 의도를 이해가 힘들었다.

A가 돈을 다 갚았으며 이자까지 덧붙여 주었다며 묻지도 않은 이야기를 주절대며 하는 지원 엄마에 대해 유진은 조금 짜증이 났다. 그녀가 엄마들 모임에서 A를 뒤에서 욕하고 정말 믿기 힘든 소문들을 어떻게 만들어 냈는지 너무나 잘 알고 있기 때문일까? 유진은 전화를 끊고 싶었다. A를 만나 왜 상황을 이렇게 만들고 사람들 입방아에 오르내리려야 했는지를 묻고 싶었다. 유진은 기다렸다. 예전처럼 그녀가 유진에게 전화를 걸어 사람들 입으로 전해 들은 이야기가 모두 잘못된 것이며 오해라고 이야기해 주기를 기다렸다. 유진이 알고 있는 A는 충분히 자신에 관한 소문들이 잘못되었음을 바로 잡을 수 있는 사람이었다. 유진은 그렇게 믿고 있었다.

지난번 걸려 온 전화번호를 저장해 놓았기에 A에게 언제든지 전화하여 그녀를 만날 수 있음에도 유진은 전화하지 않았다. 무슨 오기인가? 유진 자신조차도 자신의 마음을 이해하지 못했다. 얼마나 A를 기다렸는가? 그녀의 전화를 혹시나 못 받을까 봐 전화기를 손에서 한동안 놓지 않고 있을 때도 있었지 않았던가? 유진은 A가 유진에게 전화하여 몇 달 동안의 부재와 유치원 엄마들 사이에서 오고 갔던 말들을 유진에게 해명해야 한다고 생각했다. 아이들 등원 하원에도 그녀는 나타나지 않았다, 자연스럽게 만나 커피를 마시며 이야기할 수도 있으리라 기대했지만, 여전히 그 집 일을 봐주는 아주머니가 아이를 데리고 나왔다가 데리고 들어갔다. 학부모 상담주간에 유진은 유치원에서 혹시나 A를 만날지도 모른다는 생각에 약간 상기 되기도 했다. 그러나 그녀와 마주치지는 않았다.

유치원 엄마들과 상담 후 차를 마시며 이런저런 이야기를 하던 도중 지원 엄마가 커피숍을 지나가는 A를 보게 되었다. 갑자기 지원 엄마가 커피숍을 나가서 A와 한참 이야기를 나누고 들어왔다. 꽤 오랫동안 진지하게 대화를 나누기에 유진은 자주 힐끗거리며 창밖을 쳐다보았으며, 다른 엄마들의 이야기가 사실 귀에 들어오지도 않았다. 지원 엄마는 약간 상기된 얼굴로 들어와 아무 일도 없다는 듯이 유치원 엄마들과의 대화에 자연스레 끼어들었다.

유진은 무슨 이야기를 했는지 궁금했으나 조용히 쓴 커피만 마셨다. 예전과는 달리 엄마들 모두 상담 후 선생님과의 상담 내용에만 집중이 되어 A의 이야기는 화제에 올라오지도 않았다. 오히려 유치원에 대한 전반적인 사항과 아이들에 관한 이야기로 포커스가 맞추어져 있었다.

누가 이번에 무슨 상을 받게 되는지, 머리가 좋은 아이 엄마에게 영재 테스트를 받아 보게 권유했다는 둥, 유진의 아이 또한 글재주가 있으며 문해력이 뛰어나 선생님으로부터 칭찬과 더불어 독서수업에 관한 제안 및 글쓰기 대회에 나가 볼 것을 권유받기도 했다. 엄마들도 유진의 딸아이의 글재주에 대해 이미 알고 있던 터라 이번에도 선생님으로부터 어떤 칭찬을 들었는지에 대해 궁금해하며, 요즈음 유진이 무슨 책을 아이에게 많이 읽히고 있는지를 유진에게 물었고, 부러움과 약간의 질투 섞인 말들이 오고 가곤 했다. 유치원 엄마들의 질문에 답을 하면서도 유진의 마음은 온통 A와 지원 엄마의 대화가 궁금했다.

시간이 흘러 유진과 엄마들이 집으로 가려고 일어서려고 하는 중, 지원 엄마가 유진에게 귀에   대고 시간이 있는지를 물어보았다. 안 그래도 그녀와 A의 대화가 궁금했던 유진은 시간적 여유가 있음을 간접적으로 표현했다. 유진은 가슴이 조금 뛰는 것을 느꼈다. 아니 흥분이 되었다.

A에 관한 이야기가 지원 엄마로 부터 나올 것을 예상해서일까? 차를 다시 한 잔씩 더 주문하고 유진은 상기된 양 뺨을 손으로 감싸며 차분히 지원 엄마가

무슨 말을 할지 기다렸다.

"정윤 엄마, 자기 서진 엄마랑 무슨 일 있었어?"

생각지도 못한 말이 그녀의 입에서 흘러나와 갑자기 무슨 뜬금없는 소리냐는 듯 유진의 눈이 동그래졌다.

"무슨 소리예요, 이해가 안 되네요. 나는 서진 엄마랑 요즘 연락도 하지 않아요. 요즈음 지원 엄마가 더 많이 연락하고 지내지 않나요. 조금 전도 서진 엄마랑 밖에서 이야기 나누었잖아요."

유진은 당황하여 약간 말까지 더듬었다. 지원 엄마의 이야기로는 A의 한동안 부재 사건 이후, 엄마들에게 지난 상황들을 이해시키고, 함께 커피도 마시고 심지어 저녁에 술자리도 가졌다고 말했다. 그때마다 유진도 부르자고 엄마들이 말을 하면 A가 대화의 화제를 바꾸거나 유진은 이런 저녁 술자리 모임을 별루 좋아하지 않는다며, 저녁 술 모임에 유진을 부르지 못하게 했다고 했다. 조금 전 그녀가 A를 만났을 때도 유치원 같은 반 엄마들이 모두 있으니 차 한잔하고 가라고 청했으나 유진의 참석 여부를 물었고 약속이 있다고 가버렸다고 말했다. 이상한 낌새를 느낀 지원 엄마가 유진과

A 사이에 무슨 일이 있었는지가 궁금했으며, 참견하고 싶어 입이 근질거린 그녀가 유치원 학부모 모임 후 유진의 시간적 여유를 물었던 거였다. 유진은 뜬금없는 지원 엄마의 이야기에 약간 짜증이 났다. A가 유진을 피하는 것일까? A의 행동도 이해가 안 되는 상황에다, 이런저런 소문들을 옮기기도 하고, 제일 많이 모임의 선두에 서서 그녀를 욕하고 다닌 지원 엄마로 부터 이런 이야기를 듣는다는 사실이 당황스러웠다.

지금은 제일 절친이 된 듯이 말하는 지원 엄마에게도 유진은 화가 났다.

유진은 A가 다시 집으로 돌아오고 난 뒤 그녀와 한번 통화 후 연락을 받지도 걸지도 않았다.

그녀가 전화를 유진에게 걸어주기를 기다리고 있었다. 그것이 그녀가 유진에 대한 배려라고 생각했다. 호들갑스럽게 전화하고 만나서 그녀에게 그동안 일어난 일들을 꼬치꼬치 묻지 않는 것들 또한 지금까지 그녀가 알고 지냈던 A에 대한 배려라고 생각했다. 기다리고 있으면, A는 만나서 멋지게 지금까지의 상황을 설명하고 유진을 이해시켜줄 것이라 생각했다. 아니 이해시켜 주어야만 한다고 믿고 있었다. 그래서 유진은 그녀를 기다렸다. A는 전화를 하지도 않았고 오히려 유치원 상담 후 엄마들과 차를 마시는 자리에도 참석하지 않았으며 유진의 참석 여부에만 관심을 가지고, 만남을 피하고 있다는 사실이 이해하기 힘들었다. 점점 화가 나기 시작했다.

A를 만나면 황당한 이 상황에 대해 묻고 싶었다. 유진의 당황과 흥분한 모습을 본 지원 엄마는 A의 행동을 변호하느라 말이 수선

스럽기까지 했다. "서진 엄마가 일 때문에 많이 바쁜가봐, 요즈음 새로운 사업 시작 때문에 정신이 없다고 하더라고. 쥬얼리 관련이라고 하던데, 일 때문에 여기저기 다니느라 바빠서 연락도 잠시 끊어진거래."

지원 엄마로부터 듣는 그녀의 지난 일들과 현재 근황들이 유진은 달갑지 않았다. 예전이라면 유진이 먼저 들었을 이야기라고 속으로 생각했다. 순간 유진은 자신이 지금까지 알고 있던 A가 너무 낯설었다. 또 다른 A의 존재가 있는 듯했다. 지원 엄마의 말로는 A는 정말 사업가적인 기질이 너무 많은 사람이며 곧 또 다른 쥬얼리 브랜드를 국내에 들어와 런칭 준비 중이며 자신의 사업체를 설명하듯 몹시 신나서 떠들어 대고 있었다. 심지어 보석류라서 연예인들과도 쥬얼리 모델 건으로 만남이 잦다고 했다. 지나가는 말처럼 A가 유진이 좀 신중하기는 하지만 어둡고 무거운 사람이라고 말 한 적이 있다고, 지원 엄마가 흘리듯 말을 했다.

유진은 화가 치밀었다. 이건 또 무슨 말도 않되는 소리인가? 순간 어둡다는 그 한마디 단어에 유진은 꽂히고 갑자기 숨이 막혔다. 더 이상 대화를 이어갈 수가 없었다. 유진은 식구들 저녁 식사 준비로 바쁘다는 핑계를 대고 자리에서 일어났다.

석양이 지고 있는 하늘은 붉은빛으로 진하게 물들어 가고 있었다. 유진은 그 빛이 아름답다고 느껴지지 않고 처절해 보였다. 하루 종일 태양이 열정을 다하여 빛을 뿜어내고 사라져가기 전까지 자신의 온몸을 사르는 듯한 모습이 아름답기보다는 서럽게 느껴졌다. 석양이 지는 하늘을 한참 올려다보다가, 유진은 터덕터덕 아파트 쪽으로 발길을 돌렸다. 발걸음이 무거웠다.

그때 A의 차량이 아파트 지하 주차장에서 올라와 정문 쪽으로 나가는 모습이 보였다. 그녀가 유진을 못 본 듯했다. 갑자기 가슴 한쪽이 아려오면서 응어리 같은 서러움이 치미는 것은 무슨 까닭일까? 유진은 미친 듯이 마음속으로 소리치고 있었다.

"넌 도대체 뭐니, 도대체 뭐길래 이렇게 마음을 힘들게 하고, 나를 이상한 사람으로 만들어, 왜! 이렇게 외롭게 만드는 거야.!" 유진은 A에 대한 자신의 이런 감정이 싫었다. 그녀의 말도 안 되는 한마디에 무너져 내리는 자신이 너무 싫었고 미웠다. 도대체 그녀가 알았던 A는 누구인지 알 수 없어 더욱 혼란스러워졌다. 지금까지 다른 사람을 만났던 것 같다는 생각이 들었다. 생각이 여기까지 이르자 마음이 미친 듯이 쿵쾅거리며 뛰기 시작했다. 며칠을 곰곰이 생각하고 심지어 잠까지 설쳐 가며 A와의 관계를 생각하고 "어둡고 무거운"이라는 말을 곰 씹고 또 곱씹었다.

유진은 지난날 알았던 A와 현재의 A를 떠올리며 말을 되뇌었다.

"내가 알고 있었던 사람은 누구일까? A인가 또 다른 A인가? 아니야, 둘 다 사람이야."

자신은 지나칠 정도로 A만을 보았을 뿐이었다. 어쩌면 그녀도 유진에게는 진정한 A이고 싶었는지도 모른다는 생각이 들었다. 어쩌면 유진 자신이, 자신이 만나고 싶은 A를 만들어 그녀를 보았는지도 모른다. 마음이 다시 울컥거렸다.

유진은 직장에서 너무나 전형적이고 때로는 가면을 쓴 채 만나야 했던 동료들과의 관계를 다시 되짚어 보게 되었다. 경쟁 집단

인 회사라는 공간 속 사람들, 남편과 관련된 의무만이 있는 시댁 식구와의 관계에서도 그녀는 지극히 이성적이고 형식적인 만남을 이어오고 있었다. 그것만이 거리를 유지하며 적당히 건조한 관계가 자신을 지키는 방법이라고 생각해오던 유진에게 A와의 만남은 숨겨져 있던 유진의 감성을 최고조로 분출할 수 있는 유일한 탈출구였다. 꼭 남녀가 만나 사랑을 나누어 이루어지는 감정 폭발이 아닌 동성이라도 서로의 감정을 읽어 주고 마주하며 고단한 일상에 위로가 되는 그런 사람을 만나는 것은 얼마나 축복인가? 함께 사는 남자와는 다른 느낌, 이성적 사랑과는 별개의 감정, 위로하고 위로받는 그 순간, 단지 따뜻한 마음을 느끼는 순간이 좋았을 뿐이었다.

유진의 그때 상황이 꼭 그러했다. A를 처음 만났던 그때는 위로가 필요한 시기였다. 그때 A를 만난 것은 축복이었으며 다시는 그런 감정을 나눌 사람을 만나기 힘들 거라는 생각이 들자 유진은 미친 듯이 그녀가 보고 싶어졌다. 그녀와 함께여서 행복했던 순간들, 밤마다 통화하며 위로받고 위로했던, 문학과 철학을 이야기하며 서로가 깊어져 갔던 그때의 A가 유진은 그리웠다. 그리고 너무 미웠다. A는 그때 유진의 A가 아니었다.

유진은 휴대폰을 꺼내 그녀의 번호를 삭제했다.

광풍처럼 휘몰아치던 감정을 누를 때가 된 듯 번호를 삭제한 후 한동안 멍하니 창밖을 바라보았다. 긴 심호흡을 하고 커피를 마시기 위해 물을 끓이기 시작했다. 박효신의 노랫말이 머릿속에 스쳐 지나갔다.

"그대가 부네요. 내 가슴 안에 그대라는 바람이 언제나 내게 그랬듯이, 내 맘 흔들어 놓고 추억이라는 흔적만 남기고 달아나죠. 난 길을 잃었죠. 늘 그대라는 사람만 보다가 단 한 번 의심하지 않고 여기까지 왔는데.

그대 없는 낯선 길 위에 남아있죠.

커피를 마시며 유진은 A와 보냈던 지난날들이 머릿속에서 서서히 떠올렸다. "그때 참 좋았어. 그때 감정이, 마음이 시리도록, 아리도록 좋았어, 그때 나는 너무 좋았어. 그럼 된 거야." 커피의 뜨거운 열기가 공기 속으로 사라지는 것을 바라보면서 유진은 혼자말을 했다. 언제부터인지 모르게 생긴 혼자 말하는 버릇이 요즈음도 자주 뚝뚝 나올 때면 눈물이 났다.

*

가끔 모르는 번호가 뜨면 유진은 뭐에 놀란 듯 몸이 움찔했다. 전화는 받지 않았다.

그리고 날씨가 화창하게 맑은 날 유진은 백화점 등산 코너에서 빨간 등산화를 샀다.

색깔론

이
승
현

"야, 이 빨갱이새끼야!"

요즘 누군가 이런 말을 한다면 대부분의 사람들은 이상하게 생각하거나 무시할 것인데 그런데도 이런 말을 하는 사람이 바로 왕열사이다. 제대로 사상 교육을 받았던 그는 지금도 남들 앞에서 자신의 흑백논리의 사상을 펼치는 것에 아무 거리낌이 없다. 한창 신나게 연설을 하고 있을 때 그의 귓가에 따뜻한 입김을 불어 넣으며 "밥 먹으러 가자!"라고 속삭이면 그는 하던 말을 멈추고 곧장 밥상머리에 앉아 거침없이 밥을 먹는 사람이다.

그러거나 말거나 지금 왕열사는 바쁘다. 내일까지 총학생회 회장 입후보 등록을 해야 하기 때문이다. 검정고시로 어렵게 대학에 입학한 그이기에 학사에 심드렁했던 게 사실이었다. 그런 그가 학생회장에 출마하는 이유는 누군가를 막아야하기 때문이다. 차라리 권력에, 물욕에 의한 입후보 등록 결정이라면 나을지도 모른다. 그러나 그는 빨갱이를 잡기 위해 오로지 나라에 대한 열의와 사랑으로 그 일을 결심했다.

열사의 할아버지는 일사후퇴 때 일가족과 함께 월남하셨다. 북에서 온 사람이라는 눈총에 할아버지는 일부러 경찰을 직업으로 삼고 공산당 소탕에 온 몸을 던지셨다. 결혼 후에도 가족끼리 똘똘 뭉쳐야 한다는 마음이 강하셨다. 그런데 갑자기 나타난 사촌이란 작자로 인해 간첩으로 몰려 붙잡히고, 그 일로 열사 아버지까지 물고 늘어지자 할아버지는 충격에 쓰러지시고 얼마 뒤 돌아가셨다.

"이 땅에 빨갱이는 안 된다." 유언은 그 한마디였다. 열사의 어머니는 그에게 공산당에 대한 적개심을 가득 담을 수 있는 큰 그릇으로 기르셨다. 그렇게 깨진 큰 그릇으로 자란 열사에게 진보주의자들은 빨갱이 내지는 역적이다. 그런 자칭 애국자 앞에 역적 주 민이 나타났다. '저게 여기는 어떻게 알고 왔을까?' 역적의 어깨에는 카메라가 메어져 있었다.

광화문역 교보문고 입구에서 주 민은 왕열사를 본다. 태극기 부대에 둘러싸인 그는 마치 독립투사 같은 얼굴이다. 결연한 표정의 사람들 사이에서 그는 열정적으로 연설을 늘어놓고 있다. 마치 마이크 타이슨이 링에서 오른팔을 올려 승리를 확정지을 때처럼, 온몸으로 승리를 느끼며 활짝 웃고 있다. 새까맣고 넙대대한 얼굴은 그를 아시아의 타이슨이라고 해도 이상하게 보지 않을 것이다. 지금이 1980년대도 아니고 인류의 화성 진출을 위한 우주선을 시험비행에 나서는 2023년에 붉은 머리띠를 머리에 하고 노인들 사이에서 스무 살이 조금 넘은 그가 왕 노릇을 하며 활약하고 있다.

그러거나 말거나 지금 주 민은 바쁘다. 유튜브 스타인 그는 예쁜 여자로 꾸미고 남자들을 놀리는 영상을 주로 올리는 1인 방송 크리에이터이다. 대부분의 사람들은 그의 외모를 칭찬하기 바빴지만 주 민이 20년 넘게 살면서 가장 자신을 괴롭히는 사람을 만났는데 바로 왕열사이다. 왕열사가 주 민을 싫어하는 이유는 그가 바로 빨갱이새끼이기 때문이다.

연좌제가 있다면 형사적인 처벌을 받고 그 꼬리표를 떼 버렸겠지만 그렇게 쉽게 잊힐 인물이 아닌 주 민의 아버지는 세계적인 천재 물리학자이었다. 20년 전 세계 물리학회 참여 차 북을 방문했다가 피랍되어 지금까지 그곳에서 생활 중이다. 그때부터였다. 한국에 남겨진 가족들은 간첩, 빨갱이로 몰렸다. 어렸을 때는 주로 "빨간 눈가리."라고 불렸다. 그때는 그랬다. 그렇게 숨죽이며 죽은 듯, 없는 듯, 그림자처럼 웅크려 살았다.

그렇고 보니까 그들은 나이, 이념, 취향, 신분이 완전히 다른 한국에서 만나기 어려운 사이인데 선거를 같이 하게 된다. 중간고사 전 벼락치기 선거가 될 확률이 높을 테지만 짧은 홍보기간에 집중하여 선거를 유리하게 완성시키는 게 주 민의 목표였다.

비록 그를 돕겠다는 학우들은 아무도 없고 무관심과 야유 속에 당선은커녕 1표가 나올지도 모른다. 그 1표는 주 민 자신의 것일

거다. 그걸 깨닫는 순간 계단에 발이 붙어 멈춰 버렸다.

몇 계단 아래에 있던 열사도 몇 계단 위에 선 주 민을 발견하고 입 꼬리가 씨익하고 올라갔다. 그는 사방을 둘러보며 돌멩이를 던질 시동을 걸고 있었다.

"또 진보들과 어울리려 왔어? 왜? 어렵게 공부해서 S대 들어 갔으면 나라와 민족을 위해 일할 것이지." 태극기 부대는 열사와 한 방향으로 주 민과 대처한 체 그에 대해 질문했다.

사실 그는 주 민에 대해 아는 게 없었다. 제일 중요한 빨갱이새끼가 S대 학생회장이 되려 한다는 것만 대충 알았다. 하지만 그는 출처가 어딘지 모르는 것까지 살을 붙여 태극기 부대원들에게 브리핑했다. 같은 학교라는 것, 위안부 소녀상의 철거를 제지하다가 공무집행 발행 죄로 고소당한 것, 성소수자 퍼레이드에선 성추행을 한 것, 새터민을 위한 활동을 한다는 것 등. 뭐가 빠진 게 없나? 강도가 약하지 않을까? 조금 고민이 되었지만 그대로 밀어 붙여 대답해주고 나니 속이 시원해졌다.

그러나 사실은 왕열사가 아는 건 사실과 조금, 아주 조금 달랐다. 주 민이 고소를 당한 건 사실이었으나 그건 장애인 집회에서 자해 공갈단에게 걸려 잠시 경찰서를 다녀온 것밖에 없었다.

그래, 주 민이 피똥 싸게 공부해서 좋은 학교에 가고, 봉사를 하고, 사회운동을 하여도 이미 붙여진 빨간 딱지는 뗄 수 없었다. 심지어 그가 지지하는 진보당 집회를 취재하다 같은 당원에게 고발도 당한 적이 있다.

더 이상 물러설 곳이 없는 주 민은 간첩의 딱지를 떼기 위해 총

학생 회장에 입후보했던 것이다.

"빨개잉 새끼구먼!", "우리는 공산당이 싫다.", "기생오라비 같은 놈이 S대 회장이라니!" 열사와 함께인 태극기 부대들은 주 민에게 돌을 던졌다. 하지만 이 정도의 돌 무리들은 그에게 내상을 입히지 못한다.

주 민은 그들의 관심과 야유를 뒤로하고 얼마 남지 않은 계단을 타박타박 내려갔다. 이제 그는 일명 레드 아이. '빨간 눈알'이라는 부캐로 SNS로 선거 홍보를 시작한다.

검정 카메라가 매달린 바주카포 같은 작대기가 주 민의 손끝에서 붉은 빛을 내었다. Live방송이었다. "안녕하십니까! 대한민국 해병대 1234기 주 민, 여러분께 인사드립니다!"

티틱. 어디서 돌이 날아왔다. "으으.. " 개미 같은 목소리로 신음이 기어 나왔다. 아픈 와중에도 누군가 돌이 날아오는 화면을 찍어주었으면 좋았으련만 하는 아쉬운 마음이 들었다. 모든 건 기록이니까.

주 민은 아픔을 느낄 겨를이 없었다. 그 전에 새까맣게 때가 묻은 얼굴을 한 거지의 입에서 육두문자가 튀어 나와 다친 그를 다시 때렸다. "빨간 눈가리가 해병대에? 돌았네! 응? 응?" 앙상한 말투지만 날카로운 공격이었다.

자원입대한 주 민은 지금껏 해병대에 무한한 자긍심을 가지고 살았다. 그 자긍심은 빨간 눈가리를 가진 그에게 자유민주주의 국가에서 살아가는 데 훌륭한 방패막이가 되었다. 덕분에 지금껏 죽은 듯, 없는 듯, 그림자처럼 웅크려 살던 그가 해병대 만기 전역 후 수많은 사람들 속에서 유튜버 '혈맹'으로 살 수 있게 하였다.

주 민은 카메라를 들어 올리고 그에게 돌무리를 내리 꽂은 자를 찾으려 했지만 군중 속으로 섞여버린 그는 전혀 얼굴이 보이지 않았다. 하긴 수많은 광화문 지하도를 꽉 채운 승냥이들 사이에 숨은 거지를 찾기란 쉬운 일이 아니다.

주 민은 사방을 한 번 둘러보더니 어렵게 한 계단 내려왔다.

"거기 군대도 안 간 열사님!" 불러놓고 보니까 완벽한 표현에 살짝 입 꼬리가 올라간다. 그 말을 듣자마자 열사는 플라스틱 단상에 발딱하고 올라가 태극기 부대에게 만세 삼창을 제안한다.

"어르신들! 우리 자유 민주주의 국가를 배반하는 무리는 결단코 처단하여야 합니다. 이에 만세 삼창 제안합니다!" 짧은 팔을 하늘로 들어 오르락내리락 할 때마다 불뚝한 그의 배가 살아 움직이듯 실룩거린다. 군중은 그를 따라 "만세, 만세, 만세!" 하고 춤을 춘다. 군중들 사이로 '모금함'이라는 상자를 든 아줌마가 미로를 찾아 헤매듯 걸었다.

마음에 들었다. 일사분란하게 그를 따라하는 부대원들의 모습에 희열이 느껴졌다.

열사는 한 일자로 입을 다물더니 주먹을 오므려 지었다. 작은 그의 손에 피가 몰려 부풀려진다. "종북. 세력. 타도!" 거칠어진 성대를 세워 구호를 외쳤다. 바닥에 앉아 있던 사람들 몇몇이 일어나며 손바닥을 친다.

그때 좀 전 사라진 거지가 모금함을 든 아줌마의 뒤를 따르며 헤어진 모자를 사람들에게 들이밀었다. 그제야 주 민이 돌을 던졌던 그를 발견했다. 거지는 균일한 길이의 짧은 머리모양을 하고, 귀 위 양 옆에 고속도로를 낸 모양은 거지의 신분을 조금 알 수 있게 하였다. 영락없는 해병대 머리스타일이었다.

"아! 선배님! 여러분 해병대 선배님이 여기 계십니다!" 주 민은 허둥지둥 계단을 타고 태극기 부대에 섞였다. 해병대라니! 천군만마를 얻은 듯 기분이었기 때문이다. 사내들이란 이상하게 무리를 만나면 어깨가 올라가고 목소리가 커지게 마련이었다.

그러나 거지는 얼마든지 주 민을 볼 수 있는 거리까지 와서도 그에게 관심을 두지 않았다. 허둥지둥 거지 앞에 곧게 선 그는 유튜브에 올라갈 쌈박한 영상을 다짐하며 셀프 샷을 위한 각을 잡았다.

"필승! 해병대 1234기 주 민, 선배님께 인사드립니다." 분명한 콘텐츠가 될 수 있는 기회였다. 서울대 학생회장 후보와 거지가 된 한참 고참 기수 해병대의 만남. 얼굴 앞까지 다가가보니 거지지만 얼굴은 남부럽지 않게 잘생겼다. 콧날은 또 어찌나 오똑한지 혈무는 거지가 되더라도 코수술은 해야겠다고 다짐한다.

사실 해병대 거지 선배는 주 민이 어떤 사람인지 무슨 의도인지는 전혀 관심이 없었다. 그저 너무 오래 태극기 부대 사이에 끼어 있어 화장실에 가고 싶었고, 그 전에 주린 배를 채울 간식이라도 받을 요량이었다. 돌아가는 판세를 보니 어느 한 쪽으로 붙어야겠는데 좀처럼 판이 줄어들기는커녕 커질 요량을 할 사람이 나타나 심기가 불편할 따름이었다.

"선배님, 해병대 몇 기인지 여쭙니다!" 거지는 그제야 시들하게 대답을 한다. "내 그런 건 모르고, 천 원짜리 한 장만 주면 모를까." 주 민은 이 모든 상황과 거지의 옷차림, 표정, 까만 손톱까지 확대해서 영상을 땄다. "네? 아. 선배님 그럼 여기 화면을 보시고 해병대 몇 기이신지 인사 한번 부탁드립니다. 현 시대 젊은이들에게 하시고 싶은 말씀도 한번 해 주시면.. 제가.. 만원 드리겠습니다. 어떠세요? 멘트의 성실성에 따라 더 드릴수도 있습니다. 사실, 아저씨가 해병대인지 아닌지도 모르고, 아무 일도 안 하셨는데 제가 그냥 돈 드리는 건 아니죠." 거지는 제 허리에 손을 얹고 주 민을 지켜보다 주먹을 쥐었다. 주 민은 거지를 설득하려 애를 썼지만 그의 말은 허공에 흩어질 뿐이었다.

그는 금방 목이 쉬었고 영상이 걱정되었는지 한 번 더 강조해서 거지를 설득했다. "그렇게 세상을 쉽게 인생을 사시니까 거지로 사시는 거라고요. 원하시면 3만원까지 드릴수도 있지만 영상을 찍으셔야 제가 돈을 드리죠.. 그리고 요즘은 삼 일만 일하시고 관두셔도 실업급여 신청에 ..”한참 훈계를 하다말고 주 민은 웃음을 터뜨리고 만다. 영상 몇 개 따려고 거지한테 노조가입까지 권하는 자신이 더 상거지 같았기 때문이었다.

“네. 그냥 돈 드리죠. 오늘 돈 많이 버실 수 있었는데. 그냥 영상 안 찍겠습니다. 선배님 돈 드릴게요!” 얼른 주머니에서 돈을 드리려 했지만 현금이 없었다.

“현금이 없지? 여기 계좌번호.” 거지는 팔뚝에 문신한 숫자를 보여준다. 어리둥절히는 주 민에게 “카카오뱅크”라고 말하자 그제야 거지의 근육질 팔뚝을 물끄러미 바라본다. 자본주의 사회에 거지되기도 쉽지 않구나 싶어서. 그래, 기분이다. 주 민은 5만원을 계좌이체하고 핸드폰 화면을 슬쩍 거지에게 보여줬다.

거지는 이 상황에 놀라고 또한 좋아서 히죽 한번 웃더니 낡은 모자 속 동전을 바닥에 집어 던지고 고속도로가 난 머리통에 붉은 해병대 모자를 꾸욱 눌러 쓴다.

“필승! 해병대 570기 이명재, 1234기 후배 주 민 반갑다!”

바닥에 떨어진 동전이 지하 계단을 따라 더 아래로 째그렁하고 떨어지고 더 아래로 굴러갔다.

그것을 보자마자 왕열사는 플라스틱 단상에서 내려 와서 이명재가 바닥에 던진 돈을 줍기 시작했다. 태극기 부대원들은 거룩한 행위인 냥 열사의 길을 열어주었다.

"요즘은 말이죠. 쥐뿔 가진 게 없어도 바닥에 떨어진 것은 줍지 않아요. 거지도 마찬가지죠. 그러니까 개인의 반전이 없고 그러니까 사회도 발전이 없고, 나는 십 원이든 백억이든 내 손에 들어오면 세상을 위해 쓰겠다는 거죠."

그가 돈맛을 알기 시작한 건 중학교 무렵이었다. 언젠가 어머니가 며칠을 집에 안 들어온 일이 있었다. 열사와 동생들은 굶어죽기 일보 직전이었고 그 보다 더한 꼴로 어머니가 희미하게 웃으시며 집으로 들어오셔서 "이제 됐다. 우리도 강남 아파트에 살게 될 거야"라고 말씀하셨다.

꽃샘추위의 매서운 바람을 아랑곳하지 않는 듯, 붉은색 티셔츠를 입은 열사는 주운 동전을 들고 시위대의 끝 명재와 주 민을 향해 걸어갔다. 걸어가는 사이사이 태극기 부대원들은 주머니 쌈짓돈을 그에게 건네며 어깨를 툭툭 치기도 하고 소리 내어 응원의 말들도 뱉었다. 그 와중에 몇몇은 말없이 주 민에게 다가가 주먹으로 위협도 하고 지팡이로 허벅지를 몇 대 때리기까지 했다. 몇 대 맞았지만 흘러가는 모든 내러티브가 주 민은 좋았다. 모든 게 조회수를 높이기에 훌륭했다.

주민은 반짝이는 눈빛으로 호감을 드러내며 카메라를 열사를 향해 재 세팅했다.

열사는 갑자기 태도를 바꾸어 거지를 향해 공손하게 인사했다.

"충성! 다른 사람은 몰라도 애국 해병대가 저런 종북 좌파랑 어울리시면 안 되죠. 저희와 함께 가시죠. 주 민, 너는 아버지 따라 북한으로 갈 것이지, 왜 여기서 놀아?"

가족을 건드리다니. 주 민은 열사의 도발에 결국 촬영을 하던 동작을 멈추고 갑자기 할 일이 생겨난 듯이 급히 핸드폰을 꺼내더니 자신의 sns를 보여주었다.

"봤어? 내 아버지는 지금 스위스 대사관을 통해 한국 입국을 승인받고 내일이면 한국으로 오실 거야. 후배님은 그거 모르지?"

물론 열사는 그걸 알 리가 없었다.

그저 S대 학생회장 후보가 되어 빨갱이를 잡을 생각만 했지 한 번도 주 민과 이야기를 한 적은 없었으니까.

열사는 원체 남들과 어울리는 걸 싫어해서 혼자서 다녔고 대장 노릇이 아니면 같은 전공 학번들과도 많은 말을 하지 않았다. 나이가 남들보다 많기도 했지만 원체 무섭게 생기기도 했고 그것이 자격지심으로 작용하기도 했다.

열사는 결국 주 민의 이야기에 말문을 잃고 동작을 멈추었다.

"열사님, 잠깐 비켜줄래요?" 그는 주 민의 라이브 방송을 보고 이곳까지 응원하러 온 유일한 팬인 젊은 여자에게 카메라를 넘겨주었다. 그리고 곧장 열사가 있던 곳으로 웨이브 진 머리카락을 흩날리며 뛰어가서 플라스틱 단상에 선뜻 올라갔다.

번쩍. 주 민이 단상에 오르자 바로 뒤에서 교보문고 조명이 켜지며 오늘의 주인공은 그임을 선포하듯 주변이 신비로운 장면이 연출 되었다.

그러고 보니 어느새 저녁이었다. 겨울보다 낮이 길어진 봄으로 향하고 있었지만 배꼽시계가 정확한 노인들에게는 서로 말하지 않아도 혼자서 저녁을 먹으로 가야 할 시간이었다. 꼬르륵. 배고픔을 알리는 소리까지 난다. 차가운 저녁 바람이 목덜미를 파고든다. 길게 뻗은 주 민의 눈이 군중을 향해 펼쳐진다.

"안녕하십니까! 제 아버지는 20여 년 전 세계 물리학회에 참여하셨다가 북에 납치되어 지금껏 살고 계셨던 노박우 박사님 이십니다. 아버님은 한국에서 과학과 민주주의를 위해 애쓰시고.."

주 민은 사실에 입각한 가족사를 감정을 담아 호소했지만 그의 목소리가 파묻히고 있었다. 태극기 부대 무리들이 곳곳에서 일어나기 시작했기 때문이다.

"그만 해."

"지 얘기를 해야지. 왜 빨갱이로 살았던 아비 얘기를 해?"

"우리보고 어디 편을 들으라는 거야. 한 번에 두 놈이 나오니 어떻게 하라는 건지."

"그러면 봉투 두 개 주는 거 아니여?"

"두 놈들 보니 새파랗게 젊어서 뭐 주겠어? 어디 제대로 된 당이 나와야지."

"난 또 빨간색, 파란색인 줄 알았더니."

"대가리들은 벌써 돈 받았을 거여. 저치들도 바보지."

몇 마디를 더 해보기도 전에 바보라는 소리를 들으니 주 민의 작은 눈이 더 휘어지지 않을 수 없었다.

"바보는 당신들이 바보야! 20년을 강제로 북에 계신 아버지가 오신다는데. 돈에 따라 색깔을 결정하는 당신들이 바보라고!" 주민은 지지 않았다.

"당신들이 좀 전 까지 열렬하게 박수치며 따랐던 저 덩치. 왕열사의 정체를 알고 있습니까? 가까운 친척이 간첩으로 잡힌 완전 공산 괴뢰군이라고요. 모르셨죠. 네? 그렇죠, 그러니까 공부를 하셔야죠. 아는 만큼 보인다고. 그래도 우린 대한민국 최고의 지성인입니다. 당신들은 뭐죠? 한 끼 밥 살 돈만 주면 여기 붙었다 저기 붙었다 하는 당신들이야 말로... " 주 민은 속사포처럼 태극기부대의 약점을 찔러 됐지만 허둥대는 건 자신이었다.

언제부터인지 단상 옆으로 다가온 모금함을 든 아줌마가 논쟁의 중심에 끼어들었다.

"먹고 사는 게 얼마나 중요한데 그래! 여기 붙었다 저기 붙었다? 누가 끌려 다니고 싶대? 끌려 다녀 주는 거지. 너 같은 다 가진 주류가 뭘 알겠냐고. 배고픈 게 얼마나 힘든지 왜 목숨 거는지 너 같이 젊은 놈은 절대 모를 거야. S대면 다야? 너네 이렇게 잘 먹고 잘 사는 거 다 우리 덕이야."

갑자기 나타난 아줌마의 사정을 주 민이 알 리 없었다.

"그럼 너는 왜 유튜브 찍는대? 그거 우리한테 물어봤어? 초상권 다 지불해!"

"어이 아줌마 거 말이 너무 심하잖아." 해병대 거지 선배가 편을 들었다.

"난 너같이 거지들하고는 말 안 해."

"그래. 할망구가 아줌마라는 소리 듣고, 사과 상자 들고 있으니 뵈는 게 없구나.

자존심도 없고 생각도 없는 당신이야 말로 거지다 거지. 있는 건 요 주둥아리 하나네."

그때 열사가 팔을 휘둘러 거지에게 날렸다. 날아온다고 했지만 그 속도가 눈으로 다 읽히는 뻔한 공격이었다. 거지는 그 주먹을 피한다고 할 수도 없이 살짝 몸만 틀었을 뿐인데 왕열사는 장렬히 바닥에 자빠졌다.

쿵. 이때다.

열사는 주머니에 담아온 빨간약을 손에 바르고 자연스레 이마에도 발랐다. 그의 이마에서 붉은 피가 뚝뚝 떨어졌다. 멀리서 주민의 카메라를 든 젊은 여자는 배터리가 다 돼서 깜박이는 카메라의 마지막 에너지까지 쥐어짜서 모든 상황을 화면에 담았다. 계단 아래 그녀의 강아지가 낑낑거리며 똥을 싸고 있었다.

그날 밤. 왕열사는 꿈을 꾸었다. 새끼를 세 마리 낳고 홀쭉해진 엄마 개. 불알이 커다란 아빠 개는 태극기를 흔들며 청와대로 들어가는 꿈이었다. 개꿈인가. 그건 중요하지 않다. 청와대라는 게 중요했고 흥미가 당겼다.

문득 지난 주 S대 학생회장으로 당선 될 뻔한 주민의 기세등등한 모습이 떠올랐다. 미래 새로운 에너지원을 개발했다는 그의 아버지가 스위스를 거쳐 한국으로 온다는 소식이 뉴스에 전해지자

주 민은 언론의 관심을 한 몸에 받았다.

그 기술은 한국을 차세대 과학, 경제 리더 발돋움 해 줄 수 있을 거라고 사람들은 굳게 믿었다. 주 민은 손쉽게 학생회장이 될 것 같았다. 어차피 후보도 열사와 주 민 둘이었고.

하지만 빅 이슈가 된 그 뉴스가 거짓임이 밝혀지고 주 민은 다시 빨간 눈가리를 가지게 되었고 그 일과 상관 없이 올해도 무관심속에 치러진 학생회장 선거 또한 미비한 투표율로 무효처리 됐다.

하지만 열사는 사정이 달랐다. 주 민 옆에 바짝 붙어 있었던 열사는 광화문 피범벅 사건 덕에 유명해졌고 단숨에 애국 청년이 되었다.

열사의 할아버지는 죽기 전 이렇게 말씀하셨다.

"이렇게 나이 들어보니 빨갱이라는 꼬리표가 도움이 되기도 했어. 모두들 우리를 미워했지만 아무도 우리를 건들지는 못했어."

열사는 침대에서 획 일어났다.

검붉은 색 이불이 바닥에 떨어진다.

그는 결국 참지 못하고 "으흐흐흐흐"하고 웃음을 터뜨렸다.

언타이틀드
#1

이
영

　지난주 법원에 협의이혼신청서를 제출했다. 미성년자 자녀가 있으니 3달 뒤에 정해진 법정에 출석하면 15년 동안 끈적거렸던 부부관계가 끝난다. 결혼은 호르몬의 실수였고 실수를 바로잡았다는 후련함에 날아갈 것 같다. 드디어 나에게 자유가, 병 밖으로 나온 새처럼 마음에 봄이 왔다. 그런데 며칠 지나자 X남편과 아파트에서 침묵게임하느라 쉴 없는 긴장 상태가 검은 면사포를 쓰고 무겁게 짓누른다. 쳐다보기가 불편하고 힘들어서 누가 먼저랄 것도 없이 서로가 투명 인간 취급하며 시간을 삼켰다. 벽에 걸린 거울에 비친 내 모습이 눈에 들어온다. 연일 35℃를 웃도는 무더위에 지쳐서 가마솥 개구리마냥 방바닥에 쭉 뻗어 있는 모습. 기승을 부리는 무더위보다도 마음속에서 부글부글 끓어오르는 것과 씨름하느라 배추 시래기처럼 칙칙한 얼굴. X남편과 어떻게든 잘해보려고 혼신을 다했지만 물거품이 되어 텅 빈 채로 숯이 되어버린 가슴이 크게 클

로즈업되었다. 설레설레 고개를 흔들고 침을 꿀꺽 삼켰다. 인간의 결혼은 교미한 후에 암사마귀가 숫사마귀를 잡아먹는 결합이 아니다. 둘이 좋아서 가족이라는 울타리 안에 따뜻한 둥지를 트는 것이다. 둘이 오래오래 행복해지려고.

15년 전 겨울 크리스마스 이브였다. 이성에 대한 욕망과 호기심에 휘둘려 온 몸이 불덩이처럼 뜨거웠던 20대가 가고, 세상 쓸모없는 게 사랑이라고 목청 높여 소리치고, 명랑 만화 같은 인생을 친구들과 한창 즐겼던 30대 초반이었다. 우리는 지인 소개로 만났다. 직장, 고향, 출신학교, 나이, 건강, 가족관계, 재산 정보는 이미 알고 나왔다. 나는 연애를 쉰 지 3년 정도 되어 전 남자 친구가 생각나면 목구멍에 술을 퍼부어서 연애세포를 마취시켜 외로운 마음을 달랬었다. 소개팅하는 날이 되자 드디어 외로움을 벗어날 수 있겠다는 희망에 부풀어 가슴이 설렜다. 약속 시간보다 먼저 가서 카페 창가에 앉아 출입문을 뚫어지게 바라 보았다. 그 때 지인과 건장한 체격의 남자가 웃으며 들어왔다. 나도 모르게 벌떡 일어나 큰 소리로 지인 이름을 불렀다. 사람들이 일제히 나를 쳐다보는 줄도 모르고. 지인은 쑥스러웠는지 남자와 나를 소개만 해주고 바쁘다며 꽁지 빠지게 나갔다. 준수한 외모의 그에게 끌려서 6살 연상인 나이 차는 대수롭지 않았다. 그 남자도 발랄한 첫인상이 좋다면서 매일 저녁 회사 앞 카페에서 나를 기다리다가 함께 강남으로 자리를 옮겨 저녁 식사를 하고 술집에서 둘만 남을 때까지 춤추고 놀았다. 종업원으로부터 가게 문을 닫는다는 이야기를 들은 후에야 밖으로 나와서 남자는 나를 택시에 태워 보내고 집으로 갔다. 언제나 단둘이 있었지만 남자는 정중했다. 그의 단단한 어깨와 팔 근육이 내몸을 살짝 스칠 때마다 쾅쾅 뛰는 심장소리를 들킬까 봐 조심스러웠다.

우리는 소개팅 한 달 만에 양가 상견례를 하고 두 달 만에 결혼식을 치렀다. 곧으로 신혼여행을 다녀온 후 혼인신고까지 마쳤다. 우리 앞엔 행복한 미래만 펼쳐졌다. 예술 작품 같은 그 남자의 훤칠한 모습과 단단한 근육 안에서 사랑받는 아내가 될 게 틀림없다는 확신에 찼다. 내가 혼수로 간단히 18K 커플링만 하자고 말했을 때 그는 감동의 눈빛으로 나를 한참 동안 쳐다보더니

"너를 너무 사랑해, 우리는 운명적인 만남이야." 다정한 말이 너무나 황홀했다.

신혼여행 내내 비가 오락가락했다. 남편은 호텔 헬스장에서 종일 시간을 보내고 나는 방에서 빈둥대다가 와인을 마시고 곯아떨어졌는데 눈 떠보니 나체였다. 남편이 들어 왔던 흔적은 내가 아무렇게나 벗어 놓은 속옷을 개켜서 탁자에 올려놓은 것, 오션 뷰가 보이는 발코니 창문을 활짝 열어 놓고 케익과 커피까지 나를 위해 준비해 준 것이었다. 그의 센스가 사랑스러웠다.

내집 마련도 순조로웠다. 우리는 결혼하면 서로의 돈을 합쳐 아파트를 사자고 약속했었다. 임시로 회사 근처 오피스텔에서 1년 정도 살다가 정리하고, 수서역에서 가까운 32평 아파트를 분양받아서 신혼살림을 시작했다. 모두 부러워하는 부부였으며, 평화로운 안정감이 주는 행복에 도취되었고 전생에 나라를 여러 번 구했다고 믿

었다.

건강한 가족은 서로 존중한다. 이것은 헌법보다 우선한 불문법이다. 부부 중 한 사람의 일방적 희생은 한 사람이 다른 배우자를 업고 뛰는 것이다. 나는 남편을 사랑하고 존중할 것이다 그렇지만 나의 결심은 체력적 한계에 부딪혀 쉽게 바스라지고 말았다. 허니문 베이비를 임신, 출산하면서 신혼의 달콤한 환상이 깨진 것이다. 출산 휴가가 끝나자마자 회사에 복귀하고 퇴근 후 어린이집에서 아들 픽업, 집에 데려와 육아를 하면서 빨래, 저녁밥 준비, 청소, 다시 육아. 아들을 재우면 새벽 2시가 되고 이때 밀린 회사 업무를 하다가 아들 옆에서 쪽잠을 자는 생활이 속수무책으로 반복되었다. 툭하면 짜증내고 폭발하고 이마에 식은 땀이 흐르고 위장이 뒤틀렸다. 산후 우울증으로 몸무게가 10kg이나 줄었다. 남편에게 증상을 말하면 요지부동 한결같이 "조용히 해! 다 그렇게 살아." 귀찮아 하며 말했다. 나에게 왜 짜증이 나고, 왜 불안하고 어떻게 아픈지 한 번도 묻지 않는 남편의 무관심에 서러움이 밀려왔다. 내가 인형 가게에서 뽑기 인형을 뽑은 건가? 공감을 못하는 남편을 향해 돌을 던지듯 비난의 눈총을 보내고 악에 받쳐서 발작을 해도 남편은 생면부지 사람에게 말하듯 건조하고 차갑게 "너 때문에 시끄러워!" 이 말 뿐이었다. 갈수록 배려 없는 남편에게 정나미가 떨어져 말하지 않게 되었다. 첫인상 때 눈에 씐 콩깍지가 벗겨지면서 남편 모습이 친정어머니를 폭언과 폭력으로 길들였던 아버지처럼 보였다. 세상이 아무리 변해도 물은 위로 흐르지 않는 것처럼 자아도취적 인간에게 남의 마음을 읽을 수 없는 무감정은 정상적이라는 것을 한참 후에 알게 되었다.

남편은 1년 전 퇴직을 하고, 지금까지 베란다가 딸린 작은 방에서 혼자 지내고 있다. 두둑하게 퇴직금을 받은 사실을 뒤늦게 알고 내가 물었을 때 아들 교육을 위한 이민 자금으로 저축했다고 대답했다.

"갑자기 이민이라니?"

깜짝 놀라 묻는 나의 말에 남편은 대꾸도 없이 서둘러 외출했다. 언제나 그렇게 단답형으로 대화는 끝난다. 중학생 아들 금재는 기숙사가 있는 대안학교에 보내고 집에는 없다. 6개월 전 아들의 무단결석이 반복된다고 학교 담임 선생님한테 수차례 전화를 받았을 때 남편이 아들에게 손찌검을 했다. 알콜중독으로 죽은 시아버지한테 매맞고 자란 남편의 부성애가 손바닥 양육법으로 둔갑했다. 이후 아들은 반항심으로 자기 방에서 나오지 않았다, 그리고 올해 지방에 있는 대안학교로 전학 갔다. 아들은 마치 우리 부부의 이별을 예고 하듯이

"아빠, 엄마, 우리 가족은 악연이에요. 제대로 좀 살아요."

한마디 던지고 홀연히 갔다. 아이패드를 넣은 백팩을 메고, 캐리어 가방을 끌고,

"배고픈데 밥 많이 줘요."

하며 입술을 핥던 아들 모습이 그리워 목이 멘다. 주말과 방학때 올 수 있지만 아들은 오지 않는다.

남편은 여전히 재취업 활동은 하지 않고, 일주일이 멀다고 골프

모임에 나가거나 집에 있을 때는 자기 방에서 주식 투자 상황만 보고 빈둥거리더니 급기야 생활비도 끊었다. 나 혼자 외벌이로 생활비가 많이 부족하다고 요구했을 때 그는 통명스럽게

"생활비? 돈 없어. 너가 다 알잖아. 나가봐."

컴퓨터 모니터에 시선을 고정한 채 내게 눈길 한 번 주지 않고 소 닭 쳐다보듯 말했다. 방에서 나오자 문 닫는 소리가 덜컥! 하고 내 심장에 못질을 한다. 금재 돌반지와 커플반지까지 팔았는데...... 꾹꾹 누르고 참았던 서운함과 분노와 절망의 속마음이 와글와글 댔다.

"죽어! 죽어라! 집에서 빈둥댈거면 죽어버려!"

남편 방 문짝을 향해 고함을 지르고 설거지하던 그릇들을 내던졌다. 고무장갑, 컵, 믹서기, 도마, 칼을 닥치는 대로 던지고 또 던지고........ 분을 못이겨 발작을 했다. 거실에서 벌어지는 악몽에도 남편은 자기만의 무풍지대 안에서 잘 먹고 잘 자고 일상을 다 해결했다. '이건 아니야. 이렇게 끝나면 안 돼.' 집 기둥이 흔들리는 것 같아 밖으로 나왔다. 공원의 플라타너스 나무 위에서 까악 까악 울어대던 까치 떼 소리가 둥지를 찾았는지 잦아들었다. 내 둥지에는 저렇게 생명이 진동하는 소리가 없다.

남편은 간단하고 조근조근하게 말하지만 치사하고 비열한 냄새가 난다. 아들은 반항적이고 냉소적인 말을 하고 욱하는 표정에 피가 마른다. 내 말은 갈 길을 잃고 허둥지둥 몸부림치다가 미쳐버린 마녀의 저주같다. 대화도 존중도 공감도 없는 둥지. 나는 집에 들어가지 않았다. 핸드폰을 꺼내서 남편에게 문자를 보냈다.

나: 재산분할은 어떻게 할 거야?

남편: 니가 유책 배우자인데 뭘?

나: 아파트 팔아서 반반 나눠. 그리고 내가 유책이라니? 뭔 개소리

남편: 감히 나한테 욕해? 아파트는 절대 못 팔아. 내가 살면서 제일 잘한 게 강남 아파트 산 건데 왜 파냐? 평생 여기서 살 거다. 여기외에 딴 데 사는 루저들의 쓰레기 동네가 싫다.

나: 나쁜 놈아, 재산 분할 청구 소송 할 거야. 여태껏 희생했는데 그만큼도 못주니? 아파트 분양 받을 때 공동자금으로 샀어. 독박 살림, 독박 육아, 독박 벌이, 그것도 모자라서 재산 독식하려고 가스라이팅하니? 불한당 도둑놈아

남편: 넌 날강도지, 식칼 들고 협박한 적이 한두 번이 아니잖아. 너 사주에 남편 잡아먹는 팔자인 거 알잖아. 옥니라서 집안 불화 일으킬 관상이고.

나: 그래. 말 잘하네. 어떻게 그동안 말재간을 숨겼어? 니 말이 맞으면 넌 벌써 죽었어야지. 그리고 니가 신처럼 떠받드는 강남 아파트에 너 같은 불화 인간이 오래 살아 곰팡내나는 집구석에 더 일으킬 불화가 어딨냐? 거짓말쟁이 양아치에 인성은 똥이고 교활하고 니 밖에 모른다고. 너 같은 불화인간을 좋다고 했으니 내 눈을 내가 찌른 거고, 내 무덤을 내가 판 거지. 만약 유책 죄가 있다면 눈에 콩깍지 붙어서 자해한 거뿐. 지금이라도 그 짓 관두려는데 내가 굶어 죽든지 말든지 재산 분할 안 해준다는 거잖아.

남편: 넌 어떻고? 오두방정 막말에 지멋대로 미쳐 날뛰는 마녀야. 소송하면 너도 손해야. 저번에 회사 남자 대리랑 카풀할 때 녹

음 딴 거 있어. 둘이 분위기 좋더라.

나: 죽어라. 개자식. 꼴에 질투하냐? 그지같은 의심병으로 나를 괴롭혀서 회사도 옮겼잖아. 나를 갈보 년이라고 욕했을 때 너를 죽였어야 돼.

남편: 이거 봐. 계속 죽인다고 협박하잖아. 나야말로 온갖 더러운 욕을 참고 사는 피해자야. 그러니까 이혼은 너 뜻대로 하고, 아파트는 내 뜻대로 안 파는 거야.

나: 웃기고 자빠졌네. 피해자가 다 죽었군. 너 이민간다고 회사 관뒀을 때 말짱 구라잖아. 사실은 내가 돈 버니까. 혼자 편하려고 관둔거지. 이래도 니가 피해자냐?

남편: 맞아. 여러 가지 피해사례가 많지, 너 결혼 전에 문란했던 거 알고도 참아내느라 얼마나 힘들었다고...

나: 또 그 얘기냐? 할 말 없으면 나 기죽이려고 꼼수 피우는 거 모를 줄 알아? 구리다 구려. 그때 니가 비밀 만들지 말자고 해서 순진한 내가 먼저 말한 거지.

남편: 난 진짜 니가 처음이었어. 이젠 너한테 받은 상처 때문에 여자한테 질려서 여자를 똑바로 쳐다보지도 못해, 너한테 질렸다고!

나: 그렇게 대단한 상처라서 금재 학교 학부모 회의 때 같이 갔어? 아줌마들한테 눈웃음 살살거리면서 교양 있는 척했잖아.

남편: 뭐라고? 금재 담임이 부모같이 오라고 했었어. 니 머리는 장식품이냐?

나: 방귀 뀐 놈이 성을 내네. 생활비는 한 푼도 안 주면서 골프

장은 꼬박꼬박 가더라. 난 몸이 부서져라 일만 하는데.

남편: 넌 문짝, 장농, TV, 식탁, 살림살이도 다 부수잖아.

나: 다 너 때문이야. 니가 나를 그렇게 만들었어. 허허벌판에서 나 혼자 서 있는 심정을 니가 알아?

남편: 너만 불쌍한 척하지마. 너같은 쌈닭 때문에 내 인생이 엉망진창 뒤죽박죽 꼬였어. 관두자. 싸울 힘도 없다.

나: 니가 지은 죄가 뭔지 알아? 무직 죄, 무능 죄, 가정폭력 죄, 사기죄, 인성파탄 죄, 책임회피 죄, 재산은닉 죄, 의심 죄, 발기부전 죄로 넌 총살감이야.

남편: 찜질방에서 찌라시 많이 만들었네.

쌀가마니는 어디를 찔러도 쌀이 나온다. 부부관계에서 신뢰감이 없어지면 두려움이 차지한다. 나는 핸드폰으로 밤낮을 가리지 않고 광태를 부렸다. 검은 개가 다가왔다. 처칠이 어릴 적 부모의 학대와 폭력으로 평생 앓았던 우울증에 붙인 이름, 나의 광태는 부풀고 부풀어서 술과 폭력으로 회오리쳤고, 다니던 회사에서 근무 태만으로 해고 되었다. 몸은 오장육부로 만들어지고 인생은 이야기로 완성된다. 밥줄이 끊겨 박제된 인생. 비루하다.

미친 듯한 폭염이 꺾였다. 베란다 밖으로 보이는 은행나무 잎새가 바람에 나부낀다. 바람을 가르며 참새떼가 푸드득 날아간다. 먹구름이 밀려오더니 갑자기 소나기가 내리고 사람들이 비를 피해 뛰어갔다. 참새와 우리 인생이 순탄치 않은 것은 마찬가지다. 숙려기간이 1달 남짓 남았다. 우리는 그동안 코빼기도 안 보고, 문자

전쟁만 치열하게 했다. 우울함으로 꽉 찬 쓸모없는 둥지, 불안한 집에서 빨리 탈출하고 싶다. 그러나 남편의 교묘한 재산은닉 기술로 자칫 난 빈손으로 나올지도 모른다는 걱정으로 불면증에 시달렸다. 회사에서 해고되고 오갈 데도 없고 빈손이라니... 귓가에 윙윙거린다. 내 몫은 다 찾아야 해.

숙려 기간에 경기도 양평에 위치한 이혼 숙려 스쿨에 3박4일 동안 참가하기 위해서 그곳에 도착했다. 참 쓸쓸하고 매정한 길을 사람들이 휘청휘청 걸어간다. 센터 입구의 웅장한 느티나무가 시선을 압도했다. 내가 먼저 왔는지 X남편은 보이지 않았다. 운동장을 가로질러서 센터 안으로 들어갔다. 드문드문 가족 그림이 걸린 벽 한가운데 액자가 보였다. 액자에는 큰 글씨로 다음과 같이 써 있었다.

'행복한 새 출발을 응원합니다.'

입소 신고를 하자 생활 코치가 3박 4일간 지낼 여자 숙소를 안내해주고 닉네임을 쓴 이름표를 주었다. 배정받은 204호 문에는 이름표가 붙어있었다. 카드키를 대고 안으로 들어가니 1인용 침대와 탁자, 의자, 화장실이 있고 작은 발코니 너머 푸른 숲이 바람에 물결처럼 흔들렸다. 문 안쪽에는 숙소 규칙이 쓰여 있었다.

1. 다시 한번 사랑을 꿈꾸기.
2. 사랑하지 않은 자 고독형에 처벌.
3. 배우자는 생활 코치가 정해준 날짜와 시간에만 면회.

무지개같이 낭만적인 말들 때문에 쓴 웃음이 나왔다.

캐리어 짐을 풀고 서성대다가 엉덩이를 밀며 의자에 깊이 앉았다. 앞으로 4일간 뭐하며 지내지? 긴 한숨이 나왔다. 저녁 식사를 마치고 식당 밖으로 나가자 워크샵 일정이 숙소 입구에 붙어 있었다.

다음 날 아침 식사 후 생활 코치의 정중한 안내 멘트가 방송되었다. 9시까지 오전 활동하러 숙소 밖으로 나오라는 안내방송대로 승합차가 대기하고 있었고 여자들이 웅성거리며 모여 있었다. 10여 명의 여자들이 차를 타고 산 중턱에 도착했다. 2명씩 짝지어 정상까지 산책을 다녀오라고 해서, 버스에서 옆에 앉았던 루시 이름표를 단 여자와 짝이 되어 등산을 했다. 산이 늙었는지 산길이 완만했고 비바람에 다듬어진 나무와 바위를 보니 낯선 곳에서 긴장감이 다소 풀렸다. 우리는 숙소와 일정에 대한 이런저런 이야기를 하면서 올라가는데 옆에 있던 루시가

"솔직히 이혼 신청서 취소하지 않으려고 억지로 왔지만 노답이에요. 고장난 사람은 절대 못 고쳐요. 안 그래요?" 하며 헛 웃음을 웃었다.

"그렇긴 해요."

나는 시무룩하게 대꾸했다. 그런데 '고장난 사람'이라는 말이, 자석이 끌어당기듯 온몸에 들러붙어 내 상처를 건드렸다. 갑자기 눈이 시려지더니 다리에 기운이 빠지고 현기증이 나서 그대로 주저앉았다. 얼마나 큰 소리로 오열하고 몸부림을 쳤는지 생활 코치가루시에게 차에 데려가라고 당부를 했다. 눈물이 나무 사이사이로 흘러간다. 고장난 사람이 쓰라리게 뒹구는 현장. 나무들은 내 상처

를 속속들이 안다. 다 가진 줄 알았는데 다 잃어버려서, 솟구치는 욕망을 마지못해 포기해야 해서, 열심히 살았지만 헛수고였기에 남은 건 가난과 아픔이란 것을. 나뭇잎이 와삭와삭 밟혔다. 바닥에 널브러져 뒹구는 나뭇잎을 주워서 X남편과 내 얼굴을 만들었다. 구멍나고 찢어진 모습이 상처로 얼룩진 영혼 같다. 더 이상 배우자에게 배움의 빛을 줄 수 없는 고장난 사람들을 애도하며 흙 속에 파묻었다. 나무에 깊게 파진 골, 바람결에 나뭇잎이 떨어지고 부서진 상흔들은 숲에서는 죄도 아니고 아무것도 아니다. 옆에 앉은 루시도 내 복제 인간처럼 눈이 붉게 부풀어 있었다. 우리는 어느새 친밀해져서 서로에게 마음의 염증을 얘기하는데 거리낌 없었다. 함께 토닥거리며 차가 있는 곳으로 내려갔다. 발 아래서 두 볼이 통통한 다람쥐가 멈칫하더니 동그란 눈으로 올려다본다. 다람쥐는 매일 10km씩 뛰지 않으면 스트레스로 죽는다. 나는 내 속도를 모른다. 그저 도태될까봐 시속 100km 이상으로 헐레벌떡 뛰어다녔다.

점심 식사 후에 오후 활동으로 개인 상담 시간을 가졌다. 우거진 숲으로 둘러싸인 평평한 운동장에 시골에서 볼 수 있는 원두막이 여러 개 설치되었고, 지정된 원두막으로 가서 앉았다. 젊은 상담사는 입소한 날 했던 몇 가지 검사지를 훑어보고 점잖게 물었다.

"지금 기분이 어떠세요?"

"악몽같아요."

나는 결혼 기간에 사건 사고로 생긴 풍파들과 이혼 상황을 말하고 불안과 화가 치민다고 말했다. 재산 분할 청구 소송을 할 예정이라고 덧붙였다. 상담사가 고개를 끄덕이며 계속해서 물었다.

"결혼 만족도 검사에서는 모든 항목에서 불만족이 나왔는데 자세히 들려주시겠어요?" 나는 경제 사정, 정서 소통, 갈등 해결, 공유 시간, 대화법, 성생활 등에 대해 어떤 불만을 갖고 있는지 말하는 내내 설움이 북받쳐서 울컥했다. 속이 뒤집히고 골치가 아프고 머리가 띵했다. 불만을 말한다고 뭐가 달라지나, 막막한 세상을 모르고 사는 것은 아이나 어른이나 비슷하고, 중구난방 지껄이는 것이나, 집집마다 해결 안 된 두견새 사연이 쌓여있는 것도 마찬가지인 치사한 세상 때문에 얼굴이 찌푸려졌다.

상담사는 불편하면 대답하지 않아도 괜찮다며 부드럽게 다른 질문을 했다.

"정서 소통에 가장 만족하지 않다고 하셨네요. 어떻게 변하고 싶은가요?"

마음이 이리저리 출렁거렸다.

"항상 답답했어요. 말을 섞으면 섞을수록 빗나가기만 하고 쏘아붙이게 돼요. 리셋하고 싶어요. 다 잊고 새로 시작하면 좋겠어요."

"충분히 이해합니다. 상담한 후에 50%는 재결합해서 다시 시작합니다."

친절하면서도 단호한 상담사의 말에

"마음속에 응어리가 그대로 있는데 어떻게 그래요?"

"살기 위해서입니다. 사람이 배고플 때 못 먹으면 죽듯이 우리는 만성적 외로움으로 일찍 사망할 수 있습니다. 사회관계에서 가장 큰 스트레스는 바로 외로움입니다. 실제로 배우자와 이별 후에 겪는 우울증과 불면증의 외로운 고통⋯⋯"

뒤에 이어진 말은 아예 귀에 들어오지 않았고 감정의 응어리가 팝콘처럼 튀었다. 이별의 외로움이 가장 큰 고통이라니, 이건 내가 바라던 것과 전혀 다른 이야기다. 뻐꾸기 둥지 위로 날아간 새는 자유롭고 멋지게 살 거라고 확신했었다. 혼자서 머나먼 창공을 날아간 새가 짝을 만나고 구름 위에서 날개와 꼬리로 함께 환희의 춤을 출 수 없다면 너무나 가엽고 잔인하다. 알 듯 모를 듯 잡힐 듯 잡히지 않는 놀라운 일들이 마음속에서 콩 볶듯이 타닥타닥 충돌했다.

콩깍지가 좋아서 결혼하고 사랑받지 못해 헤어지고, 외로워서 다시 만나고, 구름도 외로울까 봐 기다리다가 흘러간다. 우리 부부는 같은 세월을 살았지만 2G와 5G 통신만큼 다른 서로의 속도를 모른 채 안개 속을 달려온 것이다. 운동장 건너편 원두막 지붕에서 노래하던 새 한 마리가 쏜살같이 솜구름 위로 짝을 지어 날아간다. 나는 희미하게 웃었다. 다시 상담사의 듣기 편한 저음이 귀에 들려왔다.

"앞으로 30분 정도 더 함께 할 텐데요. 우리가 함께 뭘 할 수 있을지 모르겠습니다만, 과거는 현재에 영향을 미칩니다. 미해결 문제는 현재에 재현되곤 하지요. 혹시 부부관계에서 떠오르는 사건이 있나요? 남편입장에서 어땠을까요?" 나는 당혹스러움을 진정시키며 천천히 기억을 더듬었다.

"어느날 잠을 자는데 남편의 스킨십에 깜짝 놀라서 벼락같이 화를 내고 밀치고 발길질을 했어요. 남편은 굉장히 당황했죠. 아내한테 성폭행범 취급을 당했다며 한마디 던지고 그 날 이후 안방에 다시는 안왔어요. 아들도 우당탕탕 소리에 놀라서 달려왔고요. 지금 생각하니 내가 지나쳤던거 같아서 아들이 계속 맘에 걸려요." 나는 그날 밤 잘못을 용수철 저울에 재는 상상을 하며 자세를 고쳐 앉았다.

"아내분께서 빠지신 깊은 수렁을 알 것 같습니다. 스스로를 좋지 않다고 느끼시네요. 아들은 어떻게 느꼈을까요?"

"따뜻하게 못해 줬죠. 아들이 가끔 노래를 흥얼댔어요. 원숭이 엉덩이는 빨개. 빨가면 고추. 고추는 매워. 매우면 짜증나. 짜증나면 엄마. 엄마는 미워. 미우면 아빠. 아빠는 담배 펴. 담뱃불이 집을 다 태워. 담배가 굴러서 옆집도 태웠어. 계속 태우면서 아직도 굴러가." 그날 밤 무서워하던 아들 얼굴이 선명했다. 나를 쳐다보던 눈빛이.

"아드님께 따뜻한 엄마로 보이고 싶군요. 아드님과 남편을 보면 하고 싶은 말을 해보세요."

"전에는 다 잊어버리고 싶었는데 기회가 오면 아들한테 남편과 같이 가야겠어요." 갑자기 숙소 문에 붙여진 규칙이 한 글자씩 확대되어 스쳐 지나간다. 겨울보다 추운 황무지에서 우리가족이 다시 사랑의 배움을 줄 수 있을까? 종일 물음표 같은 날이었다.

입소 3일째 날이 되었다. 오전에 아내들의 집단 상담을 했다. 우리는 강당 안 타원형 탁자 앞에 이름표를 달고 앉았다. 정면 프로젝트 화면에 다음과 같이 써 있었다.

－금지어 : 이혼, 별거, 시월드, 처월드.

－주제어 : 이해, 사랑, 변화, 기대.

안경 낀 상담사가 심호흡을 하고 조심스럽게 말했다.

"여러분께서 여기가 안전하다고 느꼈으면 좋겠어요."

우리는 돌아가면서 주제어와 관련해서 자신의 얘기를 솔직하게 나누었다. 아내 몇 명이 부부 숙소에서 남편을 만났다고 했고 긴 생머리를 묶어올린 여자는 전날 밤 운동장에서 함께 산책을 했다고 말했다. 나는 남편 면담 요청을 하지 않았는데 산책은 할 수 있을 것 같아 생활 코치에게 면회 신청을 했더니 면담 후에는 갱년기 우울증 부부 상담에 참여하라고 귀띔했다. 그리고 남편은 워크샵 마지막 활동인 캠프파이어 할때 쓸 장작더미를 준비하고 있다고 전했다. 숙소에서 처음 만난 루시에게 내 속마음을 이야기 할 수 있다면 남편에게도 직접 만나 말할 수 있을 것 같았다. 남편과 가까워 지는 걸 포기하고 갈등이 뒷문으로 빠져나가기를 기다렸는데...... 모든 부부가 감당할 수 없는 시련을 버티며 함께 살 수는 없다. 어떤 부부는 풀 수 없는 운명의 저주에 빠지기 전에 헤어지는게 더 좋을 수 있다. 뼈아픈 상황이 나를 엿먹이고 있지만 뭐 어때? 꾸역꾸역 잘 넘기고 있다. 고장났으면 고장난대로 괜찮다. 몇군데 고장나더라도. 시냇가 동그란 조약돌도 자세히보면 갈라지고 깨지고 흠집 투성이다. 알 수 없는 손길로 누군가 소리없이 곁에 다가와 따뜻한 갈색 망토로 나를 감싸더니 메마르고 굽어진 등을 쓰다듬었다.

하루가 끝나고 하루를 묻듯이, 그저 오늘 하루가 어땠는지 남편에게 물어보고 싶다.

조금은 빠르게,
그리고 조금은 더디게

이
영
지

"다 실었지?"

엄마는 꼼꼼히 챙겼는지 제차 확인하신다. 벌써 일 년하고도 반
년이 더 흘렀나 본다. 내비게이션에서 "대전 현충원, 목적지를 탐색
합니다." 안내 음성이 들려온다. 오랜만에 아버지를 만나러 가는 길
이다. 오빠 식구는 오빠네 차로 출발하고, 엄마 조 여사는 아들 둘
을 태운 나와 함께 이동하였다. 미끄러지듯 현충원을 향해 출발한
다.

"날이 왜 이렇게 구중중 해. 비가 올 것 같은데?"

벌써 일 년 하고도 반년이 더 흘렀나 본다. 그날 밤은 믿을 수도
믿기지도 않았던, 좀 더 구체적으로는 현실감이 전혀 없었던 그런
날이였다. 항상 어떠한 병마도 이겨 내셨던 단단한 분이기에 이번
에도 아무렇지도 않게 일어나실 것만 같았던 것은 나의 오만이었
나 보다. 코로나와 함께 한 지 2년, 이미 본인의 정신도 아닌 아버
지께

"아빠! 절대 코로나는 안돼! 그건 너무 외롭게 가잖아."

를 입버릇처럼 말했다. 그렇게 외롭게 가시지 말라고 말했지만 결국 아버지를 외롭게 가시게 한 것은 다름 아닌 우리였다. 아버지는 당시 투석을 받으신 지 3년이 넘으셨다. 긴 병에 몸도 마음도 쇠약해지다 못해 뇌경색 진단까지 받으셨다. 아버지의 뇌경색 진단이라는 말에 나는 얼마나 목 놓아 서럽게 울었지 모르겠다. 25년 전 아버지는 심장병이라는 큰 수술을 젊은 나이에 하고도 이겨내었고 두 번의 암도 묵묵히 이겨내었다. 그래도 워낙 활기찬 분이시라 괜찮을 거라 생각했건만 결국 뇌경색까지 왔다. 너무 일찍부터 여러 가지 병을 가지고 계셔서 안타까운 마음이었는데 뇌경색까지 온다니 정말 하늘도 무심하다는 말이 이럴 때 나오는 것인가 보다. 아버지의 병환은 일반적으로 생각하는 그저 사람을 잘 못 알아보고

"누구슈?"

정도로 끝나는 알츠하이머는 아니었다. 알츠하이머도 사람마다 여러가지 유형으로 나타난다. 조금은 고약한 성정의 알츠하이머였다. 말하자면 그냥 잘 웃고 조용한 사람이 있는가 하면, 반대인 경우도 있다. 그중에 아버지는 언제나 화가 나 있고, 아주 가끔이지만 어떨 땐 귀여울 때도 있었다. 다른 병으로 아플 때도 아버지는 늘 쾌활하고 소통을 잘 하는 사람이었다. 누구에게도 폐를 끼치고 싶어 하지 않으셨고, 간호사들과 항상 농담을 주고받으며 때론 간호사들 간식거리도 사 오라고 나에게 지시할 정도로 주변을 살뜰히 챙기는 사람이었고 한시도 가만히 있지 않았기에 이 상황은

더욱 난감하였다. 요새 따라 부쩍 왜 그렇게 화를 자주 내는지 이해할 수 없는 행동들을 보였던 터라, 점점 서운해하고 있던 나였다. 아버지는 점점 정신도 몸도 수척해진 상태로 정신이 온전히 돌아올 때면

"이제 그만 눈 딱 감으면 죽었으면 좋겠다."

를 연신 말씀하셨다.

11살, 5살 아이의 엄마인 나는 코로나에 아이들은 집에 방치한 채, 병환에 시달리고 계신 아버지와 아버지병 간호 때문에 항상 1+1처럼 함께 하시는 어머니를 모시고 집에 오던 어느 날

"점병이, 그거 하나 못사? 쯧쯧! 너는 무슨 젊은 애가 주차는 왜 여기에 해! 그것도 못해? 차 돌려!"

시장 골목을 누비고 있던 차 안, 아버지는 아무리 아파도 목소리만큼은 까랑까랑하다. 언뜻 정신이 온전해 보이기도 한다. 한참 뉴스에 초등생과 유치원생 아이 둘이 라면 끓여 먹다가 화재가 난 사건을 한참 조명하고 있을 때여서 아이들만 두고 다니는 것이 꺼림직할 예민할 시기였지만, 식사 드시는 것까지 함께 도와드리고 돌아서 집에 돌아오면 아이들은 정수기에서 겨우 컵라면으로 점심을 때우곤 국물이며 모든 것이 한데 어우러져 온 집안에 널브러져 있다. 아이들은 안타깝고 미안한 엄마의 마음을 아는지 모르는지, 그저 컵라면이 맛있고, 엄마가 없는 그 시간이 너무나 즐거운 모양이다.

"그러게 애들은 근처에 하나 같이 모아 놔서는. 왜 고생을 사서

해?"

라고 말하며 병마에 시달리기 전 종종 어머니 조 여사에게 핀잔을 주는 아버지였다. 결국 그 수혜를 본인이 받을 것을 그땐 몰랐다. 번번이 핀잔을 들은 조 여사는 억울한 듯 고대로 나에게 하소연한다. 지금의 아버지는 아버지가 아니다. 병마가 만들어준 아버지이다. 정확히는 '아들은 머슴처럼, 딸은 공주처럼' 이 몸에 밴 사람이다. 오빠의 입장에선 매우 억울한 일이겠지만, 나의 머릿속에 아버지는 늘 다정다감하고 오직 딸밖에 모르는 바보였다. 그 옛날 딸 바보라는 단어조차 없던 시절. 딸 바보라는 단어는 아버지를 위해 만들어진 게 아닐까 싶을 정도다.

현충원을 향해 조용히 달리는 차 안에 적막을 깨며 나는
"엄마! 예전에 나 중학생 때, 아빠가 사복 싸 온 거 알아?"
중학생 때였다. 하늘은 높고 산들바람이 부는 가을, 소풍의 계절이다. 가을바람이 부는 중학교 2학년 사춘기 여중생에게 소풍에 빠질 수 없는 것은 바로 새로 산 사복이다. 중간고사 때 시험을 잘 본 내게 엄마 가 새로 사준 옷이 생각났다. 소풍 정규시간이 끝나고 공중전화기 부스로 달려가 아버지께 다급히 사복이 필요하다고 전화한다. 아버지는 두말없이 사복을 싸 들고 내가 차 안에서 갈아 입을 때까지 망을 본다. 그런 아버지다. 아버지라는 단어가 안 어울리는 아빠다.
"하여간 네 아버지는 차~암 특이하기도 해. 어디 그것뿐이냐. 너

어렸을 때 병원엔 나랑 간 적이 없잖아. 아빠가 다 데리고 다녔지."

나는 어렸을 적 어머니 와 함께 병원에 가본 기억이 없다. 항상 이상하리 만치 아버지의 차를 타고 병원에 갔었다. 오죽해서 단골 병원의사는

"아니, 이사장 홀아비야? 제수씨는 안 모시고 오고, 만날 혼자 와? 모르는 사람이 보면 홀아비인 줄 알겠어."

"거, 사람 참 애 앞에서 박사라는 사람이 못하는 말이 없어? 에이! 자꾸 그러면 나 이제 여기 안 와!"

홀아비처럼 맨날 혼자 데리고 다닌다고 농을 주고받을 정도로 아버지 손에 다녔던 기억이 선명했다. 지금이야 어화둥둥 아이를 낳은 부부가 함께 접종이며 병원에 셋트로 다니지만 당시엔 아버지가 병원에 데리고 다니는 경우는 적어도 내 주변엔 아무도 없었다. 정말 독보적인 캐릭터였다. 나 역시도 아플 때 마다 아버지를 먼저 찾지 조 여사를 찾아본 적이 없다.

"아! 딱 한 번 친척 어르신 부고였나? 엄마 손잡고 간 적이 있었는데. 그때 어린 나이에도 그게 그렇게 어색하더라고."

"아이고, 어디 그것뿐 인가? 비 오는 날 우산은 어떻고?"

엄마는 마치 어제 일 인냥 말씀해 주신다. 국민학교 시절 그 때는 지금처럼 스마트폰은커녕 휴대폰조차 없던, 일기예보는 아침에 봐야만 알 수 있던 그런 시절이었다. 어르신들의 신체 반응에 따라 비 예보를 할 시절 집에 올 시간에 소낙비가 내리면 의례 정문 앞 아버지의 까만색 각 그랜저가 보인다. 그게 당연한 날들이었다.

"근데, 너 태어나던 날은 너네 아빠가 너 쳐다도 안 봤다. 하도

못생겨서. 하하, 그땐 기사 아저씨가 안고 나왔지. 그랬는데, 이층 집에서 두어 번 떨어져서 죽을 고비 몇 번 넘기니, 아주 그담 부턴 금이야 옥이야, 세상에 자기만 딸 있지."

어머니는 입을 비쭉이며 말씀하신다.

"뭐, 아빠가 나만 이뻐했나, 아빠 아프기 전엔 바깥 출입했다 가도 엄마 점심 혼자 드실 까 봐, 꼭 점심 챙겨드리고, 설거지까지 다 해 놓고 다시 나가시곤 했잖아. 집에서 같이 살 땐 몰랐는데, 남편 보니까 알겠더라고, 그게 쉬운 일이 아니었다는걸."

어린 나이에 일찍이 상경한 아버지는 유독 가족을 아끼고 사랑했다.

그런 아버지도 세월을 빗겨 갈 순 없었다. 함박 눈꽃이 소리도 없이 포근히 날리던 겨울이었다. 오래된 2층짜리 빨간 벽돌집, 집을 뺑 두른 계단으로 오르내려야 한다. 환자가 있는 집은 절대 계단은 있으면 안 된다는 것을 아버지를 모시고 오가며 절실히 느꼈다. 아...노인분들은 꼭 엘리베이터 있는 집이던지, 1층이던지! 아버지를 모시고 병원을 갔다가 올라가는 길에 그만 아버지는 다리에 힘이 풀린 채 그대로 주저 앉으려 한다. 한번 주저 앉은 노인은 절대 못 일으킨다는 것을 여러 번의 체험으로 채득한 나는 사력을 다해 씨름장사가 내는 '으악' 하는 기합과 함께 아버지를 힘껏 끌어 올렸으나 제 아무리 살집 있고 힘이 쌔도 여자인지라, 결국 역부족으로 아버지와 함께 주저 앉았다. 아버지의 콧등은 이내 바닥에 쓸리고 아버지의 콧등에 말간 피가 흐르고 말았다. 미안함과 서

글픔이 몰려왔다. 더 이상 꼼짝도 못 하겠던 나는 그저 바닥에 주저앉아 흐느끼기 시작했다.

"아빠! 왜 이렇게 됐어! 이게 모야. 나는 새도 떨어뜨린다던 사람 어디 갔어!"

울부짖는 나를 한번 올려다보며, 아릿한 내 마음을 아는지 그저 한번 씩 웃어 준다. 본인의 콧잔등에 피가 흐르는지도 모른 채.

내리는 눈을 맞으며 다시 옮겨 보려 그저 눈물을 훔친다. 아직 세상은 살만한가 보다. 다시 일으켜 보려는 내게 지나가던 청년이

"괜찮으세요? 올려 드릴까요?

이를 본 지나가던 아주머니도 도움의 손길을 준다.

"혼자 2층까지 못 들어요. 혹시 이불 가져올 수 있나요?

나는 다급히 올라가 집에 계신 어머니께 이불을 달라고 하곤 지나가던 동네분들 두 분과 함께 장정 4명이서 이불에 아버지를 올린 채 들어 올려 갔다. 지나가던 그 청년은 정말 말 그대로 장정이었다. 키는 족히 2미터는 되어 보이고 덩치도 슬램덩크의 채치수 같이 보였다. 그 여성분은 느낌에 간호 쪽이나 병원 관계자처럼 환자가 처졌을 때 바지춤을 움켜쥐는 것부터 전문가였다. 죽으란 법은 정말 없나 보다. 조 여사는 연신 "고마워요."를 말씀하신다. 그들의 온정은 한겨울 날씨만큼 춥고 버석하게 메말라 버렸던 가족들의 마음을 잠시나마 따뜻하게 녹인다.

"다리 한 번만 올려봐. 옳지 옳지! 잘한다."

한발 떼기가 어려운 아기처럼 잘한다를 연신 뱉으며 아버지의

바지와 허리춤을 움켜쥔 채 한걸음 한 걸음 전장에서 죽어가는 장수의 발걸음을 옮기듯 한 계단씩 올라간다. 운이 좋을 땐 한 번에 오르기도 하지만, 반 정도 올라가 코너에 다다르면 휠체어에 한번 앉아 쉬고, 그래도 끝까지 발을 떼어 올라가면 다행이다. 다 올라가고 결국 저혈당 쇼크가 한 번씩 오면 또다시 앰뷸런스가 와서 싣고 간다. 코로나 시국의 병마는 가족을 더 사지로 내몰았다. 이 시국의 환자 가족들은 하나같이 병원에 출입할 때마다 그리고 입원 시 매일 검사해야 하는 수고를 더했다. 가족은 점점 지쳐갔다. 병세가 악화되고 3일들이로 응급실행에 결국 입원을 하였고, 간병인을 쓸 수 없는 성격의 아버지라 노모 조 여사가 간병을 할 수밖에 없는 상황이 되었다. 조 여사는 점점 삶의 무게만큼 시간이 흐를수록 왜소해지고 있었다.

스마트폰에 액정이 깜빡이며 전화벨이 울린다. 나는 청소를 하던 손을 멈추고

"어! 언니. 웬일이야."

"웬일은. 뭐 하고 있나 전화했지. 아버지는 좀 어떠셔."

오랜만에 전화 온 친구, 희선 언니다.

"맨날 왔다 갔다 하셔. 오전엔 오빠가 투석 받으러 병원 모셔다 드리고, 난 점심 조. 엄마는 투석 받는 내내 병원에 앉아 계시지. 우린 원 플러스 쓰리다. 그냥 이렇게 만이라도 다니면 다행인데. 저혈당 오면. 어떻게 할 수가 없어. 언니는 남친이랑 잘 만나고? 쉬는 날인데 데이트 안가?"

"매일 보는데 쉬는 날까지 보냐. 그 사람 약골이라 어휴. 쉬는 날엔 온전히 쉬어야 해. 너희 어머니가 걱정이다. 제일 힘드실 텐데. 내가 아버지 보내 드려서 알잖냐. 병수발들다가 엄마 먼저 가실 수 있어. 이제 그만 요양병원으로 모셔야 되지 않겠어?"

오랜만에 전화 온 대학 동창 희선은 5년 전 희선의 아버지도 뇌출혈로 만 2년을 앓다가 가셨고, 그땐 집안의 막내이지만 희선이 대부분의 병수발이며 모든 일 처리를 다했던 터라, 잘 알고 있었다. 대학 동기 중에 똘똘이 스머프라 불릴 정도로 모든 일 처리에 능한 친구였다.

"아빠 성격이 워낙 꼬장꼬장 하시잖아. 간병인 하루면 다 도망 갈 걸. 엄마도 아빠 못 놓으시고."

"야! 엄마는 끝까지 못 놓으셔. 너야 애들 본다는 핑계로 그렇다 치지만 80먹은 노모가 할 일이 못된다. 그리고 가족 모두가 매일 그렇게 하면 너네 친정오빠도 제대로 일도 못하고. 어휴! 벌써 몇 년이냐."

"그러게. 참. 어렵다. 나도 이러지도 저러지도 못하고 있어. 이게 참...어렵다."

"그거 너 네가 결정해서 해야 해. 엄만 끝까지 말씀 못하셔. 아버지도 아버지지만 엄마 생각도 해라. 내 말이 서운하게 들릴 수도 있지만. 우리도 나중에 결국 다 요양병원 가야 한다. 그래도 넌 요양병원에 갈 때 사인해 줄 사람이라도 있지. 이젠 자식이 병수발하는 시대는 지났어. 관리 감독이지. 난 그 요양병원 갈 때 사인해 줄 사람도 없다. 하하."

"언니, 걱정 마. 내가 사인해 줄게."

"내가 할 지. 네가 싸인 할지 어떻게 알아? 가는데 순서 없다. 신랑은? 연락 왔어?"

"누구? 나 신랑 있어?"

"에라이! 없던 내 신랑일까?"

"혹시라도 신랑 해외에 있을 때 돌아가시는 일은 없었으면 좋겠어."

나의 우려 섞인 말은 결국 현실이 되었다.

"엄마, 아버지 이제 요양병원으로 모셔야 하지 않겠어요? 국가병원이랑 다 연계되어 있어서 요양보호사도 요샌 괜찮다 네. 우리가 집에서 모시는 것보다는 오히려 전문 인력이 있는 요양병원이 낫다고 하더라고."

말하면서도 나 역시 마음은 편치 않다. 하지만 국가병원에 입원하신 후로 입원실에 보호자로 함께 계시는 어머니의 야위어 가는 모습을 보고 있자면 마음은 더 무거워질 뿐이다. 이러다가 어머니가 먼저 쓰러질까 걱정이 앞선다. 결국 설득도 한 몫 했지만 어머니 스스로도 더이상은 무리임을 느끼시고는 퇴원하는 날 바로 요양병원으로 이송하기로 결정했다. 그렇게 요양병원 입소 후에 아버지를 볼 수 있던 시간은 30분씩 두번이라는 시간밖에 주어지지 않았다. 처음에 갔을 때는 대답도 하시고 했으나, 두번째 갔을 때는 우리를 더이상 알아보지 못하시는 것 같았다. 희로애락 그 끝자락에서 아버지는 결국 온전치 못한 뇌로 본인의 죽음을 감지하셨을까? 요양병원에 가던 날 아버지는 늘 오락가락하던 정신에서 그날따라 오전부터 어머니께

"여보, 나 안 가면 안 돼?"

라며 잠시 정신이 온전하신 듯 말씀하셨다. 어머니는 지금도 그때 아버지의 말씀이 잊히질 않는다 말씀하신다. 요양병원으로 가신지 더도 덜도 아니고 딱 한 달 되던 날 갑작스럽게 폐렴으로 가셨다. 어머니는 늘 요양병원 갔다가 금방 돌아가시면 안타까워서 어떻게 하냐고 했던 말처럼 되어 버렸다.

새벽 두 시 반, 고요한 적막을 깨고 벨 소리가 다급히 울린다. 소리가 울리기가 무섭게 나는 벌떡 일어났다. 가슴이 쿵쾅거린다. 단 한 번도 없던 경험을 할 것만 같은 마음이 벨 소리와 함께 울린다.

"이선율씨 보호자 되십니까? 지금 CPR 중입니다만, 바로 병원으로 오셔야 할 것 같습니다. 계속 진행하는 것은 무리가 있을 것 같습니다만, 혹시 오시는 데 얼마나 걸리실 까요?

수화기 너머로 의사는 전혀 현실감 없는 이야기를 하고 있다.

"혹시, 도...돌아 가실 것 같은 건가요?"

손이 덜덜 떨린다.

"네, 지금도... 최대한 빨리 와주십시오."

내 뇌와 몸은 이세계에 있지 않은 것 같은 느낌이다. 이 느낌에서 벗어나 내가 할 수 있는 말은 고작

"CPR 절대로 멈추지 말아 주세요! 지금 바로 갑니다. 가는데 10분 정도 걸립니다."

덜덜 떨리는 손으로 오빠에게 전화를 걸었다. 오빠는 오히려 차분하고 담담하게 어머니는 본인이 모시고 갈 테니 침착 하라며 너무 서두르지 말라는 말을 잊지 않고 내게 전한다. 자고 있는 아이들이 보인다. 그래도 큰아이라고 눈도 못 뜨고 있는 첫째 아이에게 할아버지께서 위독하심을 알리며, 엄마는 병원에 지금 빨리 갔다 올 테니 엄마가 안보여도 놀라지 말고, 작은 아이와 함께 자고 있으라 말한다. 엄마가 전화하면 잘 받으라는 말을 덧붙인다.

결국 아버지는 코로나는 아니지만 폐렴으로 세상을 두고 발걸음을 달리하신다. 편안히 가시라는 말씀도 전해 그리지 못했는데, 아직 손은 따뜻한 온기가 전해진다. 야속하게도 가시는 아버지의 얼굴은 한없이 편해 보이신다. 하염없이 울고 있는 난 '내가 죽으면 얼마나 울려고 이렇게 말을 안 듣나?' 하시던 말씀이 귓전에 맴돈다. 코로나이건 아니건 그건 중요하지 않았다. 그것이 조금 더 생활을 불편하게 하느냐 마느냐이지, 생과 사에 기로에서 그것은 크게 비중을 차지하는 것이 아니었다. 다만 계시는 곳에 우리가 자주 갈 수 없었는 상황들과 그저 유리 벽 하나를 사이에 두고, 온전한 정신이 아닌 아버지를 바라보았던 모습이 마지막 모습이었다는 것에 가슴이 저밀 뿐이었다. 사망 신고와 아버지의 통장을 정리하면서 그리고 모든 금융권에서 정리하는 데는 6개월이 걸리지만, 더이상 이세상에 아버지는 존재하지 않는다는 것을 받아들이기까지 얼마나 걸릴지는 아직 모르겠다. 여전히 모르겠다.

현충원에 가려면 화장을 해야 한다. 운구를 싣고 화장터를 향한다. 난생처음 보는 화장터이다. 어느덧 눈앞에는 아버지의 유골이 보인다. 유골의 형체가 한낱 가루가 되는 모습을 여과 없이 보여준다. 저 사람은 다시 한번 이 세상에 나의 아버지가 존재하지 않음을 상기시켜주는 것에 왜 이렇게까지 열중인가? 인생무상이라는 말이 현실임을 느낀다. 우리는 모두 죽기 위한 삶이었다는 것을 처음으로 마주한다. 왜 그토록 철학자들이 삶과 죽음에 대해 열띤 토론을 하는지 이제 조금이나마 알 것 같다. 장례차는 아버지의 유골함을 싣고 대전을 향해 달린다. 차는 현충원에 도착하고 모두 내린다. 영정사진을 들고 나는 맨 앞에 서서 곧 쓰러지기라도 할 듯 아슬하게 이동을 한다. 유골함은 묘비 아래 안치되고, 그렇게 마지막 인사를 한다. 어머니는 아버지의 유골함이 묘비 아래 들어가는 것을 본 후 거짓말처럼 눈물을 그치신다. 그러곤 내려오셔서 마지막 모든 것을 계워 내신다.

톨게이트를 지나 현충원에 도착한 차는 현충원 7구역임을 알려준다.

"목적지에 도착했습니다. 음성안내를 종료합니다."

음성 안내 종료를 알리는 소리와 함께 차에서 내린다.

"아버지가 우리 오는 것을 아시나 보다. 어떻게 비가 거짓말처럼 그치냐?"

미신과 의미부여를 좋아하시는 어머니는 본인이 온 것을 아버지가 알아주셨으면 하는 마음인가보다. 트렁크에서 음식들을 내리며 절할 때 비 오면 어떻 하나 했던 마음이 한결 가벼워졌다.

문간방 언니

이
정

엄마는 누워 있었고 아버지는 엄마의 머리 맡에서 부엌칼로 십
자를 긋고 있었다. 난 이 생경스럽고 어이없는 그림들이 이해하기
힘들었다.

우리집은 불교도 기독교도 아닌 그저 제사나 지내는 평범한 유
교? 집안이었다.

그런데 웬 엑소시스트도 아닌 해괴한 연출에 몸이 떨렸다.

신기한건 그 이후로 엄마는 병석에서 일어 나셨다.

엄마는 늘 위장약을 달고 사셨다.

저녁밥을 지을때가 되면 엄마는 그 위장병이 탈이 나

"언니에게 가서 저녁밥 지으라고 해라." 하면 난, 쪼르르 언니가
일하는 공장으로 달려간다.

어스름한 초저녁에 메리야쓰 공장을 가는길은 가깝지 않았다.

동네어귀를 지나 국민학교를 지나면 사거리가 나온다. 그사거리 건널목을 건너 으슥한 골목으로 들어가면 허름한 콘크리트 건물이 메리야쓰 공장이었다.

그 메리야쓰 공장을 가는 길은 나에게도 즐거운 일은 아니었다.

엄마는 가끔 배를 움켜지고 얼굴이 하얘지며 숨을 못 쉰다. 그럴 때는 항상 언니를 불러 오란다.

난, 어떡하면 엄마의 배를 낫게 할 수 있나 고민하며 언니를 부르려고 걸음을 재촉하곤 했다.

"언니! 엄마가 또 아파... 저녁밥 지으래."

언니는 나를 쳐다보고 당연하다는듯이 오바로꾸 미싱을 멈추고 일어선다. 그것이 일상이었다. 지금 생각하면 나는 왜 저녁밥을 언니에게만 지으라고 달려 갔을까? 내가 했으면 되는 것을...

엄마가 보기에는 내가 무척 어렸을 터이니 믿음이 없으셨을까?

언니와 나와의 나이 차이는 8살이나 되었으니 언니도 나를 못 믿었으리라.

언니는 나에겐 늘 아픈 생이 손가락이다. 장남인 큰오빠 공부시키려고 가난한 우리집을 일으켜 세우려 제일 희생을 했으니...

훗날, 내가 제일 잘했던 일은 돈을 벌고 부터 엄마에게 신경안정제 '그린피아'와 '우황청심원'을 사 드린 일이었다.

내가 엄마의 병을 약사와 상담하고 알게된 엄마의 병은 '신경성 위궤양'이었다.

우리는 4남매.

아버지의 직업이 막노동도 하시고,

장사도 하시다 실패하고 가난이 떠나지 않아서 인지 큰 오빠는 늘 "미국가서 성공 할 꺼야." 하고 뇌까리더니 진짜 미국으로 이민을 갔다.

언니는 시집을 가서 우리집과 가까운 곳에 살고 있었다.

작은 오빠는 군에 입대하고 있는 중이라 뒷문이 따로 나 있는 방을 세를 놓았다.

아들 하나를 데리고 온 젊고 예쁜 아낙이었다.

알고 보니 세컨드였다.

가끔 늙수그레한 남자가 들락거리더니 어느때부턴가 생활비만 건네는 것 같았다.

그 무렵 엄마는 자궁암에 걸려 서울대 병원에 입원을 하셨고,

우리집엔 아버지만 계셨고 늘 비어있는 상태였다.

엄마가 퇴원을 하고 몸조리를 하는 동안 문간방 영식이 엄마가 부엌일이며 내 교복 카라까지 빨아 주었다. 참 착하고 고마운 언니라 생각하며 우리식구는 그녀와 한 가족같이 정답게 지냈다.

작은 오빠가 군제대를 하고 집으로 돌아왔다.

젊고 잘생긴 작은오빠는 내가 보아도 멋있었다.

그 문간방 언니는 아버지, 엄마에게 아버지! 어머니!라고 부르며 마치 큰 딸같이 행세했다.

당연히 제대한 작은 오빠에게도 동생같이 살갑게 대해 주었다.

그 문간방 언니는 얼굴이 화색이 돌며 우리 식구에게 더 잘 해주었다.

맛있는 간식이며 반찬이며 빨래 할 것 없이 꾸준히 돌봐 주었다.

엄마는 수술을 하시고 방광이 약해져 소변 조절이 안 되어서 늘 기저귀를 차고 있었고, 지금같이 일회용 기저귀가 없었던 때라 면 기저귀를 빠는 일도 만만치 않았었다.

여성으로서 기능을 상실해서인지 늘 의기소침해 있었다.

아직 아버지도 건장하셨고 당신의 자궁암 수술로 인 해서 부부 관계의 소원함에 늘 미안해 했던 것 같다.

그냥 그렇게 시간이 그럭저럭 흘러 갔다.

나는 야간 고등학교를 다녔기에 낮에는 관공서에서 일을 하고, 저녁엔 수업을 받느라 집에는 관심이 없었다.

언니는 시집을 가 있고 집에는 별로 할 일 없는 작은오빠와 문 간방 언니가 같이 있는 날이 많아 지기 시작했다. 어느 날은 문간 방 언니가 오빠의 귀를 파주는 모습을 보았는데 그 일도 난, 예사 롭게 보았다.

우리 언니 같았으니까...

어느 날부터인가, 엄마의 눈빛이 흔들리고 불안함이 보였다.

아버지는 엄마의 눈치를 보는 듯도 하고, 그 문간방 언니는 상냥 함을 벗어나 당당함도 엿 보였다. 이 구루미한 분위기에도 난, 어 리고 할 일이 많아 그냥 기우이려니, 매일 기분 좋은 일만 있겠는 가 하면서 하루하루를 넘겼다.

무엇인가 안들 내가 집안일을 해결 할 수 있었겠는가.

엄마는 그 후 부터 시름시름 앓기 시작했다.

아버지는 안절부절하고 그 문간방 언니는 꼼작도 안 하고 방에 틀어 박혀 얼씬도 안 했다.

작은오빠도 그녀와 오누이 사이 같이 다정하더니 어느 때부터인가 냉냉하니 오뉴월 서릿발 같았다.

난, 이 분위기가 낯 설어 몸 둘바를 몰라 했다.

엄마의 병세는 악화 되어 어떤약도 의사의 처방도 듣지 않았다. 집안은 음울하고 죽음의 그림자가 드리워지기 시작했다. 아버지가 조급했는지 아마도 점집을 찾으셨던 것 같다.

내가 본 장면은 퇴마식이다.

어두 컴컴한 안방에 엄마의 머리를 아랫목으로 두고, 아버지는 물을 입에 담고 엄마의 몸에 물푸레를 하며 식칼로 마치 성호를 긋듯이 엄마의 머리맡에서 십자가를 긋는 것이 아니겠는가?

마치 영화에서 귀신을 쫓아내는 장면같이 무서웠다. 무슨 일이 생겼길래 저토록 엄마의 몸이 굳어져 가는 걸까?

그때는 정말 몰랐다. 지금 내 나이 70이 넘어 보니 몸 굳을 일이 한 두.번 일랴.

엄마가 얼마나 힘 들었을까. 죽지 못 해 산 목숨이었으리라.

신기하게도 퇴마식 이후로 엄마는 자리에서 일어났다.

그리곤 굳은 결의를 한 듯, 입을 굳게 다물고 다부진 행로를 보였다.

그 문간방 언니와 어디론가 외출을 하였고 그 당당하던 언니는 쭈빗쭈빗 엄마를 따라나섰다.

그리곤 저녁이 다 되서야 돌아 왔다.

엄마는 후련한 얼굴로, 그 문간방 언니는 초라한 얼굴로,

그 후로 우리집은 조용해졌다.

그녀로 인해서 화기애애했던 집안이 그녀가 두문불출 하므로 인해 각자의 방에서 각자의 소명만 하고 있을 뿐이다.

그리고, 어느 날!

그녀가 이사를 간단다. 그녀의 아들이 어릴때 이사 왔는데 이젠 초등교에 입학할 나이에 이사를 간단다.

난, 뭣도 모르면서 왜 이사를 간 데?

더 좋은 집으로 가는 가는 거야, 하면서 그 언니가 우리에게 잘 해 준것만 기억하며 아쉬워했다.

그녀가 이사 간 이 후로 우리집은 자리가 잡히는 듯 했다.

그러나, 아버지는 내 눈치를 보고, 작은오빠는 벌레 씹은 얼굴로 침묵을 일삼고 있었다.

그래도, 난 눈치를 못 챘다.

그 상냥한 문간방 언니만 생각났다.

시간이, 날들이, 한 참 지났다.

난, 엄마에게 물었다.

"엄마! 그 언니 왜 이사 갔어?

아니, 왜 내 보냈어?"

엄마는 물끄러미 나를 보면서 독백하듯이 입을 떼었다.

"그 년이 임신을 했단다. 근데 누구 애인지 모른단다."

그리고 또 엄마는 허공을 내려치며,

"내가 자궁을 들어내서 니 아버지 외로울까 그년하고 자는 걸 허락했는데 그 썩을 년이 내 아들까지 넘봐!?"

흰색의 향

채리

언제 칠한 것인지 알 수 없는 체리 몰딩 색의 틀과 싱그러움 따윈 전혀 찾아볼 수 없는 촌스러운 꽃무늬 벽지. 굳이 고개를 돌리지 않아도 훤히 다 보이는 살림살이들.

나는 마치 개미굴에 갇힌 기분이 들었다. 그것도 9년이란 꽤 오랜 기간 동안.

어중간한 길이의 머리카락을 대충 묶고 검은색 캡 모자를 눌러 쓰고 무릎이 다 늘어난 회색 추리닝 차림으로 미술 학원으로 향했다.

어렸을 때, 그러니까 지금보다 집안 형편이 괜찮았을 때 다녔던 엄마 친구가 하는 미술 학원에서 소량의 대여비만 주고 작업실로 삼아 그림을 그리고 있다.

000 홍익대학교 합격. 샛노란 플렌카드가 2층 간판을 가리고 화려하게 걸려 있었다.

뜨거울 정도로 환한 노란색에 눈이 아려 한손으로 눈을 비비며 불이 꺼져 캄캄한 건물 계단을 향해 저벅저벅 걸어갔다. 아이들이 다 떠난 자리에 홀로 붓 칠 하는 소리가 그 공간을 힘겹게 채웠다.

어느새 흰 바탕이 완전히 사라진 종이를 보니 문득 예전에 교수님께서 해주신 말씀이 떠올랐다.

"수채화에선 흰색 물감을 쓰지 않는 것이 좋아. 수채화의 가장 큰 매력은 투명감인데 흰색은 불투명해서 수채화의 본질적인 색감을 흐리기 마련이거든."

그치만 나는 흰색이 예뻐 보였다. 깔끔하니까. 내 그림과 다르게.

서른. 딱 2년만 더 해보자 다짐했던 내게 20대 끝자락에 드디어 기회가 찾아왔다. 백인미술공모전에 내 그림이 1차 합격한 것이다. 최종합격되면 3개월 치 방세를 벌 수 있다. 이 기회만 잘 잡으면 엄마의 전단지 일도 그만두게 할 수 있을 것이다.

깊은 곳에서 무언가가 꿈틀댔다.

그림은 아무나 하냐며 내 몸 가죽을 훑어보던 외삼촌 얼굴이 허공에 나타났다가 홀연히 사라졌다. 올해 추석에는 기필코. 입술을 지그시 깨물었다. 비릿한 쇠 맛이 입안을 울렸다.

한참을 칠하다 팔이 저려와 슬슬 정리를 시작했다. 개수대에서 마지막으로 물통을 헹구는데 손이 시려워 얼른 씻으려 물을 세게 틀다가 물이 철로 된 개수대를 쾅 내리찍었다.

왠지 모르게 비명처럼 들렸다. 유독 집으로 돌아가는 길에 밤공기가 추웠다.

가을이 오려나. 난 준비가 안됐는데.

내가 할 수 있는 거라곤 내 몸 하나 지키기 위해 전보다 두꺼운 긴 팔을 사는 것 뿐이다.

그게 어떤 때는 위안이 되기도 하고 어떤 때는 비참하기도 하다.

집에 도착해서 손을 씻는데 카톡 알림이 울렸다.

"안녕 나 수진인데 그동안 잘 지냈어?"

쿵. 순간 지구의 자전이 멈춘 것 같았다.

"나 다음 달 둘째 주 일요일에 결혼해…. 너한텐 알려주고 싶어서 연락했어…. 꼭 와줬음 좋겠다."

수진이는 나의 고등학교 절친이다. 같이 실컷 담임 욕을 하며 학교 앞 떡볶이를 먹던 모습이 떠올랐다. 선생들이 둘씩 짝지으라 하면 바로 눈빛을 주고받던 우리.

거의 매일을 붙어 다니던 우리는 내가 성인이 되고 난 후 연락을 끊었다.

아무리 친한 사이라고 해도 보여주고 싶지 않은 면들이 있지 않은가. 나에겐 가난이었다. 학생들은 학교를 졸업하자 교복이 아닌 옷들을 입기 시작했다.

그들이 걸친 옷에선 부모님의 직업과 재력, 자신감이 덕지덕지 묻어 나왔다. 온전히 자기들의 것이 아니라고 생각했기 때문에 부럽진 않았으나 기가 죽었다.

조급한 나와 달리 수진이를 포함한 대부분의 아이들은 여유롭게 스무 살을 만끽했다. 미래 따윈 자기와 상관없는 일이라는 듯이. 현재를 즐기자며 술잔을 부딪치며 떠들어댔다.

나는 취할 수 없었다. 내 그림이 나와 엄마를 돌볼 수 있게 한 번이라도 더 그려야 했다. 와중에 고깃집 알바도 나갔기 때문에 돈은 물론 시간마저 마음껏 쓸 수 없었다.

나는 그들을 피해 다녔다. 열심히.

근데 이제 와서 그 아이들과 같이 수진이의 결혼식 사진을 찍는다 생각하니 온몸에 두드러기가 나는 것 같이 가려웠다.

그치만 수진이의 얼굴을 보고 싶었다. 더 솔직히 말하자면 여전히 그대로 인지 궁금했다.

집으로 돌아와 당근 마켓 앱을 켰다. 결혼식에 가려면 지금 가지고 있는 옷으론 택도 없다. 연신 새로고침을 하며 중고가 브랜드의 원피스를 찾던 중 엄마에게 전화가 왔다.

"딸~ 밥은?"

누구 속도 모르고 마냥 밝은 목소리에 짜증이 밀려왔다.

"시간이 몇 신데. 먹었지."

"아 참. 벌써 그렇게 됐구나! 있잖아. 엄마가 물 사려 하는데 큰
건 무거워서 이젠 못 들겠드라. 인터넷에서 좀 시켜줄래?"

엄마는 2리터짜리 물이 싸다며 손수레를 끌고 장을 보곤 했다.
그 모습이 꼭 늙은 개미 같았다.

"알겠어."

뚝.

맞다. 모레가 월급날인 걸 까먹고 있었다. 통장엔 만원 뿐이다.
하아. 한숨을 쉬며 당근마켓을 지우려던 순간 새로운 게시물이
올라왔다.

[급!!바퀴벌레 잡아주시면 사례금 3만원 드려요]

계산이 필요없었다.

"주소 보내주세요. 지금 갑니다."

○○오피스텔 ○○호.. 같은 동네인데도 이렇게 다르네.

혹시나 장기매매 같은 거면 어쩌지 걱정이 오가던 찰나

문이 열리고 소독약 같이 독한 알콜 냄새가 훅 밀려왔다. 눈이 따가웠다.

"안녕하세요. 어서 들어오세요!"

또래로 보이는 여자가 싱긋 웃으며 반겼다. 160cm 정도되는 키, 긴 생머리에 오목조목한 얼굴. 단아하지만 우아해 보이는 홈웨어. 50Kg도 안 되어 보이는 여리여리한 몸매. 어깨너머로 보이는 비싸 보이는 가구들까지.

'필라테스 다니게 생겼다.'

나는 앞니로 입술각질을 잘근잘근 뜯어댔다.

"벌레는 이쪽에 있어요."

그녀를 따라 신발장에서 신발을 벗으려다가 다 헤져버린 양말 뒤꿈치가 번뜩 생각이 났다.하필이면. 부끄러워 얼른 벗어 신발 안에 꼭꼭 숨겨놓았다.

거실엔 새하얀 벽에 손톱만한 바퀴벌레가 붙어있었다.

집에서 많이 마주쳤던 비슷한 모양의 바퀴벌레인데 이 집에 있는 건 영 어색해 보였다.

"휴지 좀 주세요"

그녀는 곧바로 하얀 휴지를 여러 번 둘둘 말아 건넸다. 건네받은 휴지는 푸딩처럼 부드러웠다. 세 칸이면 되는데. 순조롭게 바퀴벌레를 움켜쥐어 화장실 변기에 넣고 물을 내렸다.

"우와 대단하세요! 정말 감사합니다 여기요!"

그녀는 흰 봉투를 내밀었다. 그 안에는 신권으로 보이는 빳빳한 만 원짜리 세장이 들어있었다. 오랜만에 들어본 칭찬에 픽. 웃음이 새어 나왔다.

"혹시 근처에 사시면 앞으로도 종종 부탁드려도 될까요?"

그녀가 내 얼굴을 살피며 덧붙였다. 이런 좋은 집에서 살면서 왜 청소업체를 안 부를까. 하는 의문이 들었지만 나는 거절할 이유가 없었다.

"물론이죠"

그날 이후로 나는 그녀의 집을 자주 들락거렸다.
"왜 이렇게 벌레가 많이 나오는지 참 모르겠다니까"
그녀에 대해 알게 된 점은 나와 동갑이라는 것, 혼자 산다는 것.

매번 다른 흰 색의 홈웨어를 입고 있다는 것.

또 그녀의 집엔 시계도 달력도 심지어 거울도 없다는 점이었다. 영 사람이 사는 집 같지 않았다. 집이 여러 개 인 건가. 요새 머리 가 무겁고 지끈거려 관자놀이를 손가락으로 꾹꾹 눌러댔다.

이 집에서 나는 냄새 때문인가. 알콜중독인가? 결벽증은 아닌 것 같은데.

"차 한잔할래?"

그녀가 깔끔한 부엌에서 물을 끓이며 물었다. 나는 고개를 끄덕 였다. 붉은색을 띤 차가 담긴 검은색 컵을 테이블에 놓았다. 제법 익은 쿰쿰한 복숭아 향이 났다. 차를 마시다보니 두통이 사라졌다. 그녀의 얼굴에 피곤한 기색이 여렸다.

나는 그녀의 얼굴을 곁눈질로 슬쩍 훔쳐보며 뾰루지 하나 없는 피부를 관찰했다.

관리받겠지. 나도 저런 피부였으면.. 그녀가 목 스트레칭을 하며 말했다.

"만약에 내일 네가 죽는다면 어떨 것 같아?"

이 질문의 의도는 뭘까. 죽는다는 불쾌감과 만약이라는 말이 주 는 즐거움에 내일 죽는 나를 상상해 봤다.

어디보자.. 공모전 2차도 못하고, 내가 사랑하는 그림도 못 그리겠지. 앞으로 엄마 물은 누가 시켜주나. 참, 개미굴 같은 집으로 돌아오지 않아도 되겠네.

그치만 내일 죽기엔 하고 싶은 것들이 더 많다.

심오해진 내 표정을 보고 그녀가 웃으며 말했다.

"푸하하. 그냥 웃자고 한 이야기인데 너무 진지하게 받아들이네~"

꼬록. 내 뱃속의 소리가 그녀의 웃음 소릴 뚫고 나왔다.

"배고파? 마침 잘 됐다. 어제 장을 좀 많이 봐서 나도 슬슬 배고픈데 같이 먹자"

나는 그녀의 친절이 부담스러워 손사래를 치다 그녀가 냉장고에서 꺼낸 한 눈에 봐도 고급진 고기를 보고 어쩔 수 없다는 듯이 웃었다. 그 날 그녀와 비싼 고기를 먹고 부쩍 친해졌다. 친한 이웃이라고 할 정도로.

일주일 뒤 그녀가 불러서 그녀의 집으로 갔다.

또 그단새 벌레가 나온 모양이다. 초인종을 누르자 그녀가 나왔다. 더욱 지독해진 알콜 냄새와 함께.

"뭐 좀 주고 싶어서."

그녀는 처음 봤을 때 보다 볼이 푹 파이고 야위어 있었다.

나는 거실이 아닌 그녀의 방에 발을 담갔다. 거실과 마찬가지로 새하얗고 깔끔했다.

"이거 내가 요번에 산 옷들인데 나랑 안 어울리는 것 같아서 맘에 들면 가져가라구"

택도 안 땐 명품 원피스와 블라우스들이 행거에 무수히 걸려있었다.

이게 웬 떡이지. 수진이 결혼식에 입을 옷 걱정은 안 해도 된다.

기쁨과 동시에 내가 이런 게 필요해 보이나 하는 생각에 흡족해 하는 그녀를 보며 얼굴이 빨개졌다. 나를 안쓰럽게 보던 수진이와 학교 친구들의 얼굴이 떠올랐다. 돌이켜보면 혐오스러운 벌레잡이를 계속 시키는 것도.

내가 앉았던 소파를 신경 쓰던 눈길도. 섞이지 않았던 그녀의 하얀색 컵과 그녀가 주던 까만색 컵도. 다 내가 불쌍해 보여서 그런 거였나.

"필요없어."

내 예상보다 더 차가운 말투가 튀어나와 스스로 놀랬다.

그녀는 내 눈을 빤히 바라보며 중얼거렸다.

" 오늘이 마지막인데. "

나는 시선을 피했다. 그곳엔 그동안 그녀가 내게 주었던 것과 같은 흰 봉투들이 이름이 적힌 포스트잇과 함께 차곡히 쌓여있었다.

민정, 가현, 진아, 유연, 현아.

그녀는 나를 포함한 여러사람들을 집에 불러다 벌레잡이를 시키며 자신의 우월감을 느낀 게 분명하다. 뻔뻔하게 착한 척 하는 그녀의 모습에 그동안 잡았던 벌레가 몸 속에서 꿈틀대는 것 같았다.

자리를 박차고 현관문으로 성큼성큼 걸었다. 구겨진 신발을 더 구겨신고 문고리를 잡았다.

"이것만이라도 가져가줘. 제발"

까만 원피스를 들고 울먹거리며 말하는 그녀를 올려다 보았다. 나는 낚아채듯 옷을 움켜쥐고 집으로 돌아왔다.

그 일이 있은 후로 그녀도 나도 연락을 하지 않았다. 나는 2차 오디션에 떨어졌다. 어느덧 10월이 되고 수진이의 결혼식 날이 됐다. 난 하는 수 없이 그녀가 주었던 까만 원피스를 꺼내 입었다.

나와 잘 맞았다. 고급져 보이고 예뻐 보였다. 그녀처럼.

부시럭. 주머니에 뭔가가 있었다. 택인가 싶어서 얼른 꺼냈다. 택이 아니었다. 단번에 알아보았다. 새하얀 종이 위의 까만색 글씨의 주인을.

그녀의 마지막 인사를.

나는 그 자리에 주저앉아 펑펑 울었다.

내가 입고 있는 옷에서 그녀의 향이 난다. 그 집에서 나던 냄새
가 아닌 사람냄새가.

공항 가는 길

현성희

엄마는 날 낳으신 분이 아니었다. 나는 2년 전 엄마와 아빠를 처음 만났다. 바로 오늘처럼 초록이 짙어진 여름 어느 날이었다. 반짝이는 스팽글 치마와 바람에 실려 온 산뜻한 향기가 엄마의 첫인상이었다. 그리고 엄마 아빠와 나는 함께 차를 타고 우리 집으로 왔었다. 바람이 불었고 햇빛이 눈부셨던 날이었다.

"오랜만에 바람 쐬러 갈까?"

문득 그 날이 떠오른 건 오늘의 바람과 눈 부신 햇빛 때문일까.

엄마가 나가자는 제안을 한 건 집안에 큰 소리가 나고서 일주일 후였다. 오랜만의 외출이기도 하고 엄마의 기분이 풀어진 것 같아 기분이 좋아진 나는 무척 들떠있었다. 한창 준비 중인 엄마 아빠를 두고 먼저 나와 마당 한 구석에 캠핑 장비들을 쌓아둔 곳으로 갔다. 가끔 동네 길고양이가 담을 타고 장비들을 밟고 내려와 판판한 디딤돌 위에 대자로 누워 햇빛을 쐬는 경우가 종종 있었는데 엄마는 보자마자 질색을 하며 내쫓곤 했지만 나는 그 녀석을 좋아했다. 하지만 오늘은 보이지 않았다. 엄마가 부르는 소리에 아쉬움을 뒤로하고 주차장으로 향했다. 대문을 나서려는데 괜찮아진 줄 알았던 발목이 다시금 욱신거려 주저앉게 되었다. 그때 그 꽃이 눈에 들어왔다. 사람들의 발길이 자주 닿는 돌 틈에 밟히지 않고 하얗게 피어 있었던 것이다. 언제 피었는지도 이름도 모를 작은 꽃이 바람에 몸을 흔드는 것이 마치 잘 다녀오라고 인사하는 것만 같았다. 다시 엄마가 부르는 소리에 얼른 뒷좌석에 탔고 차는 바로 출발했다.

우리 차는 공항고속도로 위를 달리기 시작했다. 창밖으로 모든 것이 빠르게 지나갔고 차 안 우리의 시간은 느리게 지나갔다. 아니, 느리게 흘러갔으면 했다. 엄마 아빠와 함께 차를 타고 가는 것은 늘 행복했기 때문이었다. 하지만 엄마 아빠는 아직 화가 덜 풀렸던 걸까? 나와는 달리 기분을 알 수 없는 표정이었다. 한산한 고속도로 위를 쌩하고 달리는 차들이 종착지를 알려주지 않는 것처럼.

"먹을래?"

엄마가 미리 챙겨온 간식을 꺼냈다. 엄마는 처음부터 친절했다. 집에 온 첫날 내게 필요한 물건들을 새로 장만해둔 방이며 자그마한 마당이며 우리 집 구석구석을 소개해주었다. 내가 그곳에 적응할 수 있도록 배려한 엄마는 서두르지 않았고 넘치지도 않았다. 나의 실수로 엄마의 치마에서 스팽글이 하나 떨어졌을 때 잠깐 나를 밀쳐낸 걸 빼고는 엄마는 대부분 친절했다.

그리고 그날 나에게 언니가 있다는 걸 알게 되었다. 학교에서 돌아와 나와 처음 대면한 언니의 큰 눈이 호기심으로 가득 찼다. 그러더니 자신의 방에서 가장 아끼는 인형을 꺼내와 선뜻 내 품에 안겨 주었다. 얼떨결에 인형을 받아들고 내 것이 아닌지도 모를 이 선물을 갖고 놀아도 되는지 몰라 가만히 들고만 있었다. 어쩌면 갑자기 찾아온 이 행운이 내 것이 맞는지 아닌지가 궁금했던 것 같다. 하지만 그런 마음을 읽었는지 언니는 내 침대에 인형을 넣어두었다. 그건 인형을 준다는 뜻이었다. 외모뿐만 아니라 엄마의 친절함을 언니는 그대로 물려받은 듯 했다.

덕분에 나는 두려움을 털어내고 가족이 생겼다는 낯선 안도감을 믿어보기로 했다. 그날은 비교적 편안하게 잠을 잔 것 같다. 그곳은 가족이라는 온기와 내 소유물이 있는 나의 첫 집이었다.

그래도 꽤 오랫동안 언니와 나는 사이가 좋았다. 비록 나에게 준

인형을 금세 가져가 버리긴 했어도 난 언니를 미워하지 않았다. 배달 앱으로 주문한 음식들을 차리고 알록달록한 풍선들로 집안을 장식한 후 이웃을 초대한 자리에서 엄마가 나를 소개했을 때도 사람들의 눈길이 당황스러워 움츠러들던 나와는 달리 언니는 나를 대신해 그들 앞에서 노래를 불렀다. 성향은 달랐지만 언니는 갑자기 생긴 동생을 무척이나 아껴주었다. 그래서 점점 내가 엄마를 독차지 한다는 생각을 언니가 하고 있을 줄은 몰랐다. 그리고 엄마도 나를 많이 사랑한다고 생각했다. 기다려도 와주지 않던 둘째 아이를 포기할 수 없었던 엄마가 나를 데려오는 것으로 계획을 수정했던 것이 잘못이었다고 생각하는지는 꿈에도 몰랐으니까.

직장을 다녀야 했던 엄마는 퇴근 시간이 비교적 일정했음에도 나는 온종일 엄마를 기다렸다. 유치원을 다녀와서 잠시 시간을 보내고 나면 엄마가 돌아온다는 걸 알면서도 그녀가 없는 시간을 잘 견디지 못했다. 나는 분명 우리의 집에 있었지만 기다림이 잠식한 큰 집은 바깥의 또 다른 이름이었다. 그 무렵 문득 내 마지막 기억 속의 친엄마를 떠올렸는지도 모른다. 내게 닿길 바랐던 손길과 따뜻하길 열망했던 체온 대신 결국 차갑고 쓸쓸한 죽음이라는 유산밖에 남겨줄 수 없었던 그 엄마 말이다. 화창한 봄빛에도 더 이상 움트지 않는 싹처럼 위대한 모성도 그녀의 생명력을 지킬 수는 없었다. 나는 다시 엄마라는 존재에게서 떨어지고 싶지 않았다.

그것이 욕심이었다는 걸 엄마는 미리 알려주었어야 했다. 엄마와 한시라도 떨어져 있기 싫어 엄마에게 다가가는 언니를 밀어내고 무릎을 차지하고 앉았던 어느 날 엄마는 내게 손길을 주지 않았다. 그 일이 있고부터 직장을 그만두고 나와 온종일 집에 있게 되었어도 엄마는 예전처럼 오랫동안 나와 눈을 마주치지 않았다. 함께 했던 놀이도 외출도 동네 사람들과의 교류도 차츰 줄었고 웬일인지 나의 기다림은 더 길어졌다. 하지만 나는 여전히 엄마를 사랑했고 그건 엄마 탓이 아니라고 생각했다. 그 무렵 내가 아프기 시작했기 때문이었다.

"공항 다 못 가서 옆에 무의도로 빠지는 길이 있어. 응. 그쪽으로 가면 돼."

우리 차는 비행기가 드문드문 보이기 시작하는 지점에서 오른쪽으로 향했다. 고속도로 보다는 좁은 도로였지만 바다를 더 가까이 볼 수 있었고 오가는 차들도 드물어서 아빠는 속도를 낮추고 풍경을 음미하듯 천천히 달렸다. 창문을 열자마자 바다 특유의 습한 바람이 비릿함을 싣고 차 안으로 훅 들어왔다.

갑자기 배가 살살 아팠다. 아프다고 말하려 고개를 돌리자 창밖의 바다풍경을 보는 엄마의 옆얼굴이 보였다. 그녀는 생각이 많은 얼굴로 말없이 창밖을 보기도 하고 한숨을 내쉬기도 했다.

엄마는 내가 아픈걸 알게 되자마자 나를 데리고 병원에 가서 이런 저런 검사를 받게 했다. 심각한 병은 아니었는지 아니면 내가 병원을 싫어해서였는지 그 후로 다시 병원에 가는 일은 없었다. 그리고 나를 혼자 집에 두고 외출하는 날이 많아졌다. 나는 큰 집이 두려워지기 시작했다. 특히 아빠의 사업이 풀리지 않아 싸움이라도 있는 날이면 차라리 혼자 있었던 시간의 고요함을 그리워하며 내 방 깊숙이 들어앉아 언성이 잦아지길 기다렸다. 신앙심이 깊었던 엄마는 이 모든 문제를 놓고 기도하기 시작했다. 그리고 아프단 평계로 게을러진 나의 습관을 바로잡고 허약해진 체력을 키워야겠다고 생각했는지 이런저런 시도를 한 것도 그 무렵이었다.

"이쯤 어때? 차 세워봐."

노을이 지기 시작한 저녁의 바다는 아름다웠다. 차는 어느 한적한 바닷가 모퉁이에 세워졌고 먼저 내린 엄마는 주변 풍경을 둘러보았다. 차에서 내리던 내가 다시 발목이 움찔거려 아파하자 엄마는 나를 부축해주었다. 엄마의 이런저런 시도들 중 하나인 높은 곳에서 떨어지며 안전하게 착지하기 후유증이 꽤 오래가는 모양이다. 그 덕에 손발을 묶어놓은 줄을 풀어내기의 성공확률도 낮아졌다. 그건 내가 엄마의 기대만큼 해내지 못했기 때문이라서 아픈 티도 못 내고 미안해하기만 했다. 절뚝거리는 나를 엄마는 평평한 바닥에 앉히고 내가 자유롭게 바다를 구경하도록 내버려두었다. 평소와 달리 시간에도 행동에도 아무런 제한을 두지 않았다. 역시 차 안에서 보는 바다와는 확연히 달랐다. 끝없이 펼쳐진 갯벌로 달려가 예전처럼 속을 파보고 싶기도 했고 움직이는 갈매기에게 새우깡을 던지며 소리도 지르고 싶었다. 바람을 따라 흐르는 구름을 보니 문득 대문을 나설 때 흔들어주던 하얀 꽃의 살랑임이 떠올랐다. 구름은 바람이 부는 대로 모양을 바꾸다 잘 다녀오란 인사처럼 공중에 흩어져 사라져버렸다.

그렇게 한참 즐거운 기분에 취해 있었을 때 갑자기 차가 출발하는 소리가 들렸다. 차는 서서히 움직이더니 이내 속도를 높였다. 엄마는 내가 타지 않았다는 사실을 몰랐나 보다. 나는 다리가 아픈 것도 잊은 채 차를 쫓아 뛰기 시작했다. 어찌된 영문인지 아무리 불러도 차는 서지 않았다. 이것도 체력단련의 다른 방법인가? 그런데 엄마가 탄 차는 쫓아갈 수 없을 정도로 너무 빨랐다. 차가 아예 보이지 않게 됐을 때도 나는 한참을 달렸다. 숨이 턱 밑까지 차올랐을 때에야 나는 달리는 것을 멈췄다. 발목이 붓기도 했고 왠지 여기서 기다려야할 것만 같았다. 그래야 그날처럼 엄마가 먼저 나에게 다가와 줄 테니까.

노을이 마지막 빛을 거뒀을 때 내 뒤로 오토바이 한 대가 멈춰섰다. 오토바이에서 내려 나에게 다가오는 남자를 보자 경계심이 발동했다. 그동안은 엄마 덕분에 낯가림과 두려움을 이길 수 있었지만 지금은 엄마가 없다. 내가 뒷걸음질 치며 경계하자 오토바이 남자는 멀찍이 서서 어디론가 전화를 걸었다. 한동안 그는 거기에 머물러 있었다. 10분 아니 20분이 지났을까? 멀리서 차량의 헤드라이트가 반짝이는 것이 보였다. 평소처럼 기다리니 엄마가 오려나 했다. 나는 절뚝거리며 일어나 꼬리를 흔들었다.